Tucholsky Wagner Zola Scott Sydow Freud Schlegel
Turgenev Wallace Fonatne
Twain Walther von der Vogelweide Fouqué Friedrich II. von Preußen
Weber Freiligrath Frey
Fechner Fichte Weiße Rose von Fallersleben Kant Ernst Frommel
Richthofen
Engels Fielding Hölderlin
Fehrs Faber Flaubert Eichendorff Tacitus Dumas
Eliasberg Ebner Eschenbach
Feuerbach Maximilian I. von Habsburg Fock Eliot Zweig
Ewald Vergil
Goethe Elisabeth von Österreich London
Mendelssohn Balzac Shakespeare Dostojewski Ganghofer
Lichtenberg Rathenau Doyle Gjellerup
Trackl Stevenson Hambruch
Mommsen Tolstoi Lenz Droste-Hülshoff
Thoma Hanrieder
Dach Verne von Arnim Hägele Hauff Humboldt
Reuter Rousseau Hagen Hauptmann Gautier
Karrillon Garschin
Damaschke Defoe Hebbel Baudelaire
Descartes Hegel Kussmaul Herder
Wolfram von Eschenbach Schopenhauer
Darwin Dickens Rilke George
Bronner Melville Grimm Jerome Bebel
Campe Horváth Aristoteles Proust
Bismarck Vigny Barlach Voltaire Federer Herodot
Gengenbach Heine
Storm Casanova Tersteegen Grillparzer Georgy
Chamberlain Lessing Langbein Gilm Gryphius
Brentano Lafontaine
Strachwitz Claudius Schiller Kralik Iffland Sokrates
Katharina II. von Rußland Bellamy Schilling
Gerstäcker Raabe Gibbon Tschechow
Löns Hesse Hoffmann Gogol Wilde Vulpius
Luther Heym Hofmannsthal Gleim
Roth Klee Hölty Morgenstern Goedicke
Heyse Klopstock Kleist
Luxemburg Puschkin Homer Mörike Musil
Machiavelli La Roche Horaz
Navarra Aurel Musset Kierkegaard Kraft Kraus
Nestroy Marie de France Lamprecht Kind Kirchhoff Hugo Moltke
Laotse Ipsen Liebknecht
Nietzsche Nansen Ringelnatz
Marx Lassalle Gorki Klett
von Ossietzky Leibniz
May vom Stein Lawrence Irving
Petalozzi Knigge
Platon Pückler Michelangelo Kafka
Sachs Poe Kock
de Sade Praetorius Mistral Liebermann Korolenko
Zetkin

Schnurrige Kerle und andere Humoresken

Georg Bötticher

Impressum

Autor: Georg Bötticher
Umschlagkonzept: toepferschumann, Berlin

Verlag: tredition GmbH, Hamburg
ISBN: 978-3-8424-6794-1
Printed in Germany

Text der Originalausgabe

Georg Bötticher

Schnurrige Kerle und andere Humoresken

Vater in spe.

Ich habe einen Freund, eine »Seele von einem Menschen,« ein kleines bewegliches Männchen, das kein Wässerchen trübt, und eine Fliege, die in seinen Kaffee fiele, vor allen Dingen zu retten suchen würde. Dieser Freund hat sich jüngst verheiratet und seitdem ist er der unausstehlichste Kerl von der Welt geworden! Und das ist so zugegangen.

Vor einem halben Jahre – etwa acht Wochen nach der Hochzeit meines Freundes – traf ich ihn – er war seitdem nicht ausgegangen – zum erstenmal wieder auf der Straße. »Wie geht dir's –?« wollte ich fragen, aber er schnappte mir das Wort vom Munde weg, indem er mich beiseite zog und mir mit allen Zeichen des Entzückens ins Ohr raunte: »Ich bin unendlich glücklich – ich weiß es *jetzt ganz bestimmt!*« – »Ja, ja,« sagte ich, über den Nachsatz lachend, »ich habe nie daran gezweifelt –.« – »Nun ja, ja!« unterbrach er mich ungeduldig. »Ich weiß, daß du mir in dieser Hinsicht etwas zutraust, lieber Freund. Es war aber doch eine Möglichkeit, daß wir uns getäuscht haben konnten – o, sage nichts, der Fall kommt hundertmal vor! – Aber es ist nun *gewiß*, ja, ja, ganz gewiß, das Faktum besteht, du darfst mir 's glauben!« Und er rieb sich vergnügt die Hände.

»Gewiß glaube ich es,« versetzte ich etwas verwundert, »nur denk' ich –«

»O!« rief er, plötzlich sehr ernsthaft werdend, »ich weiß, was du sagen willst! *Daran* brauchst du mich nicht zu mahnen: ich verkenne den *furchtbaren Ernst* der Sache durchaus nicht! Ich weiß,« fuhr er, fast düsteren Blickes, hastig fort, »daß es eine Frage von der ungeheuersten Bedeutung, eine Lebensfrage ist. Und in dieser Hinsicht hat es mir, das darfst du glauben, auch schon *tief schmerzliche* Stunden bereitet, Stunden, wo ich die ungeheure Verantwortung, die speziell ich auf mich geladen, gewissermaßen vor mir sah! Ich sage dir – du kennst das nicht als Unverheirateter, kannst es nicht kennen! –:> es ist etwas ganz anderes, als wie man es sich für gewöhnlich vorstellt, kein Spaß, wie ihr auf der Kneipe immer annehmt, ooh – bei Leibe nicht – –.«

»Lieber Freund,« unterbrach ich ihn völlig verwirrt, »ich verstehe dich wohl – nicht ganz« wollte ich sagen, aber er schnitt mir das Wort ab: »Nein, lieber Freund, nein! Ich weiß, du denkst dich freundschaftlich in meine Lage, aber *verstehen*, völlig verstehen, nein, das kannst du nicht, das wirst du erst können, wenn du dich selbst einmal –«

»Aber mein Gott –«

»Erlaube! – in diesem Falle befindest. So viel wirst du indessen einsehen, daß ich für die nächsten Wochen selten, fast gar nicht zu euren Kneipereien kommen kann, denn die größte Rücksicht ist jetzt natürlich Pflicht. Ich habe den Arzt gebeten, daß er uns einen Tag um den andern besuche, und überwache natürlich selbst, seit vorgestern, wo ich es erfuhr, gewissenhaft die Speisen, welche meine Frau genießt.«

Jetzt fing mir an ein Licht aufzugehen!

»Die Bilder in unsern Zimmern,« fuhr mein Freund eifrig fort, – »du weißt, daß dies kolossalen Einfluß hat! – habe ich bereits auf ihre Schädlichkeit geprüft, und den »Bacchuszug von Hähnel« – die große Photographie, weißt du, die in der Eßstube über dem Sofa hing! – sogleich entfernt: meine Frau hat sie direkt vor sich, wenn sie bei Tische sitzt und es kommen doch eigentümliche Scenen darauf vor, denke nur an die Silenusgruppe mit dem *Weinschlauch*, der eigentlich ein *Schwein* ist u. dgl.! – apropos: *Wasser* soll bei dem Zustande auch schädlich sein. Aber die Ansichten darüber sind geteilt. *Unser* Arzt will es gestatten, aber ich möchte doch erst noch andere hören. *Du* weißt natürlich nichts darüber? Nicht, nun ja! – Ich denke, es wird immer gut sein, wenn ich sie keins trinken lasse. Übrigens: du wohnst ja bei Schwender, kanntest du nicht 'mal leise hinhorchen, wie *er* es in dieser Hinsicht hält? Er ist nämlich in der gleichen Lage wie meine Frau – das heißt: seine Frau ist in der gleichen wie ich – ach Gott, nein! – ich bin wahrhaftig ganz konfus, aber es ist kein Wunder, ich fühle mich so angegriffen, so fieberhaft. Die letzten zwei Nächte habe ich wachend auf dem Sofa zugebracht, weil ich immer fürchtete, es könnte eine Katastrophe –«

»Aber, bester Freund,« wandte ich lachend ein, »was in aller Welt soll denn jetzt –«

»Ja, ja, das kennt ihr, das versteht ihr ledigen Leute eben nicht! Gerade in *dieser* Zeit ist es am gefährlichsten. Von den Anwandlungen, die solche Frauen erleiden, hast du doch wohl schon gehört? Daß sie mit einemmal eine Metze Äpfel, ein Huhn roh mit den Federn verzehren oder sich ganz plötzlich in einen Korb mit Eiern setzen wollen! – das ist ja bekannt. Nun, siehst du, wie leicht kann sich das auf Gefährlicheres werfen; wenn meine Frau einmal Lust bekäme aus dem Fenster zu springen oder Nähnadeln zu verschlucken?! – ich sage dir, der Gedanke plagt mich jetzt unaufhörlich. Aber du entschuldigst –« unterbrach er sich aufatmend, »du nimmst es mir nicht übel, nicht wahr? wenn ich dich schon verlasse – aber ich muß wieder hinauf. Herrgott, es ist ja die höchste Zeit – dreiviertel auf zehn – meine Tagebuchsnotiz! Ich beobachte sie nämlich aller zwei Stunden und führe Buch darüber. Es erleichtert das dem Arzt seine Aufgabe ungeheuer! – Also adieu, lieber Freund, und vergiß es mit Schwendern nicht! Kaltes Wasser natürlich! Und besuch' uns bald – adieu!«

Von dieser Begegnung an begann meine Tortur. – Es war eine Woche danach, als ich meinen Freund unter der Thür seines Hauses traf und von ihm mit geheimnisvoller Miene sogleich in den Hausflur gezogen wurde.

»Es geht alles höchst vortrefflich. Der Arzt kommt jetzt täglich, auf meine Veranlassung! Dreimal hab' ich ihn auch schon nachts holen lassen – er ist wirklich sehr aufmerksam, das muß ich sagen. Allerdings wird er darin in jeder Hinsicht von mir unterstützt. Ich bin scharf dahinter her, wo es gilt, schädlichen Einflüssen vorzubeugen. Die Zeitungen z. B. habe ich sogleich abbestellt, alle – das taugt nichts unter den Verhältnissen. Ich wollte erst das Wochenblatt beibehalten, aber ich habe mir überlegt: es kommen doch häufig sehr häßliche Ausdrücke darin vor, weißt du, unter den Annoncen – und dann: die ewigen Raub- und Mordanfälle – also weg damit! Dagegen lese ich ihr jetzt abends heitere Sachen vor, natürlich nicht zu viel, denn das schadet auch wieder. Überhaupt ist Maßhalten die erste Regel. Nun, darin habe ich vorgebaut: mein Stundenplan für die nächsten zwei Monate ist gemacht, das heißt: ein idealer, denn jeden Tag kann irgend ein bedeutsames Ereignis die ganze Zusammenstellung über den Haufen werfen. Siehst du,« sagte er, ein Papier hervorziehend, »dies ist sehr praktisch: früh 9 Uhr –

4 Liter Milch – für uns *beide!* – ich trinke mit, weil meine Frau dadurch angeregt wird –«

Glücklicherweise für mich wurde in diesem Augenblicke mein Freund abgerufen – ich benutzte die Gelegenheit zur schleunigsten Flucht.

Nach einigen Wochen, währenddem ich die Straße, wo er wohnte, und Orte, wo ich ihn treffen konnte, sorgfältig gemieden, war ich einer geschäftlichen Angelegenheit halber genötigt, ihn einmal in seiner Häuslichkeit aufzusuchen. Das Mädchen wies mich nach einer Kammer, ich öffnete die Thür und fand meinen Freund am Boden liegend, halb unter einem Schranke versteckt, eifrig in einer mir unverständlichen Thätigkeit begriffen. »Was in aller Welt treibst du da?« frug ich erstaunt. Er wandte mir sein erhitztes Gesicht zu: »Einen Augenblick, lieber Freund! Ich streue *Mäusepillen.* Mit dem übrigen Logis bin ich durch – dies ist das letzte Zimmer.«

»Habt ihr denn hier Mäuse?«

»Ja wenn ich so lange warten wollte, bis sie da sind, dann wäre es zu spät. Vorbeugen, vorbeugen muß man. In der Lage, in der wir uns jetzt befinden, kann der Anblick eines einzigen solchen Tieres die entsetzlichsten Folgen haben! – Ach Gott, in dieser Hinsicht, sag' ich dir, ist man fortwährend dem Zufall preisgegeben. Du glaubst nicht, was alles zu bedenken ist. – So, nun bin ich hier fertig. Wenn du erlaubst, werf' ich noch ein paar in das Kämmerchen daneben; es ist zwar verschlossen und ich trage den Schlüssel bei mir – ich habe die Nähmaschine und die Plätteisen d'rin versteckt –« flüsterte er mir zu, »Plätten und Nähen ist jetzt das reine Gift für sie! – aber man kann den Frauen in dieser Hinsicht nie trauen – – So! Und nun komm' herein, lieber Freund, um mein Frauchen zu begrüßen. Du hast sie wohl seit ihrer Veränderung noch gar nicht gesehen?«

Bei unserem Eintritt erhob sich die niedliche Gattin meines Freundes und reichte mir die Hand.

»Kind, Kind!« sagte mein Freund, warnend den Finger erhebend, »warum hast du deinen bequemen Lehnstuhl verlassen –«

»Es zog etwas am Fenster –«

»Zog es? Aber liebes Herz, dann lassen wir sofort die Doppelfenster einsetzen. –«

»Aber, Alfred! in den Hundstagen –«

»Das ist gleichgültig! Du weißt: *Zug* ist jetzt für dich – –«

Seine Gattin zwinkerte ihm mit den Augen zu.

»Nein, nein!« rief er, energisch die Hand ausstreckend, »wenn es sich um deine Gesundheit handelt, kenne ich kein gêne, am wenigsten einem Freunde gegenüber, der, ich weiß es, den lebhaftesten Anteil nimmt –«

Die junge Frau errötete bis unter die Haarwurzeln. »Sie entschuldigen mich,« stammelte sie verwirrt, »ich habe noch draußen zu thun – eine häusliche Arbeit –«

»Doch keine Näherei? Du *schneiderst* doch nicht?« rief er aufspringend.

»Nein, nein!« versetzte sie, geängstigt aus dem Zimmer eilend.

»Was sagst du nun?« rief er strahlenden Gesichts, als sie verschwunden war. Dann aber nahmen seine Züge den Ausdruck düsterster Besorgnis an und er seufzte tief auf als er fortfuhr: »Jetzt wird es recht schwer mit ihr! – Die Straße darf sie gar nicht mehr betreten. Denke dir: letzthin war ihr ein Ochse begegnet, was sie furchtbar aufgeregt hatte, so daß ihr Zustand wirklich beängstigend war. Es gab sich allerdings nach und nach, aber so etwas kann sich ja alle Tage wiederholen, denn wir haben den Fleischer nebenan! Aber auch ihre kleinen, höchst notwendigen, Bewegungstouren im Garten – von zehn bis elf morgens und nachmittags von drei bis vier – hat sie wegen der steilen Treppe aufgeben müssen. Ich gehe mit der Idee um, einen *Flaschenzug* anzulegen – (ich bemühte mich ernsthaft zu bleiben) – weißt du, einen Fahrstuhl primitiver Art, der aber ganz zweckentsprechend ist. Ja, ja, lieber Freund, das ist notwendig! Schon neulich hat sich meine Frau entsetzlich erschreckt, als ich auf der Treppe ausgeglitten und fast eine ganze Etage hinuntergerutscht war! Nun, ich ließ gleich den Arzt holen und die Hebamme, und nach einigen Stunden war alles wieder glücklich in Ordnung, aber es hätte ihr doch sehr nachteilig werden können! – Welche Vorsicht überhaupt nötig ist, davon hast du keinen Begriff!

Meiner Frau sind z. B. die *Ziegen* so fatal! Ich schwebe nun fortwährend in Todesangst, daß 'mal so ein Biest vorüberkommen könnte, wenn meine Frau gerade am Fenster sitzt! Und ganz kann man ihr das Hinaussehen doch auch nicht verbieten! – Das Fatalste ist mir aber, daß meine Frau die Kirche versäumen muß. Aber es geht nicht anders, schon da sie überhaupt nicht die Straße betreten darf – du meinst *fahren?* Daran ist nicht zu denken – die Erschütterung! – und wenn dies selbst ginge: die vielen Menschen und die Aufregung, und dann die Bettler an den Kirchenthüren, man sieht da immer Krüppel, weißt du, so was wirkt ungeheuer leicht auf die Bildung – ja, ja! das ist nicht zum Lachen! – Apropos, lieber Freund, eh' ich das vergesse: morgen ist ihr *Geburtstag.* Ich habe den »jungen Italiener« von Richter gekauft, Photographie, den häng' ich ihr ins Zimmer, daß sie ihn täglich ansieht, denn – unter uns gesagt –:« – hier dämpfte er seine Stimme zum Flüstern –»ich glaube, daß es ein *Knabe* wird. Aber ich werde doch noch die »Vestalin« dazu hängen – man kann immerhin nicht wissen – Höre, wenn es *beides* würde! Oder *zwei* Knaben! Aber du willst fort? Na, weißt du, lieber Freund, allerdings bin ich jetzt, wenn sie nicht im Zimmer ist, immer etwas in Unruhe. – Du begreifst das, es ist ja natürlich – deshalb will ich dich auch nicht halten, aber besuch' uns bald wieder, hörst du! vielleicht nächste Woche, ich denke, dann wird auch der Fahrstuhl schon im Gange sein.«

Ich atmete dreimal tief auf, als ich draußen stand, und gelobte mir feierlich, diesen Besuch binnen Jahresfrist nicht zu wiederholen.

Aber das Unglück wollte, daß ich gerade in der nächsten Zeit häufiger als je mit dem Vater in spe zusammentraf. Waren andere dabei zugegen – so nahm er mich sofort beiseite und vertraute mir mit gedämpfter Stimme die neuesten Beobachtungen über den Stand der Dinge an. Traf er mich gar allein, so überschwemmten mich die Ergüsse über seine häuslichen Verhältnisse mit der elementaren Gewalt eines Wolkenbruchs. Bald mußte ich die glückliche Einwirkung des Flötenspiels bewundern helfen, bald die jüngsten Unwohlseinsstudien seiner Gattin in allen Details durchkosten, bald die mit grimmigem Behagen vorgebrachte Mitteilung anhören, daß er wieder zwei Hundebesitzer in der Nachbarschaft wegen nächtlicher Ruhestörung gerichtlich belangt habe. Bei allen diesen Auslassungen identifizierte er seine Person immer mehr mit der seiner Gattin, sprach zuletzt nur von »seinem jetzigen Zustande,« und als ich ihn eines Tags zur Beteiligung an einer Turnfahrt animierte, rief er erschreckt: »Wo denkst du hin, *jetzt!* Das könnte die traurigsten Folgen haben.«

Eines Abends, als ich im geöffneten Fenster lag und arglos in die Straße hinausblickte, kam er vorübergestürmt, sah mich und winkte mich sogleich mit geheimnisvoller Miene zu sich hinunter. Ich mußte ihm wohl oder übel den Gefallen thun.

»Denke dir: etwas Neues, Beunruhigendes stellt sich ein,« fing er an, »*meine Frau bekommt eine eigentümliche Sucht auf Nußtorte!* Was meinst du dazu?! – Ich sage dir, sie verschlingt sie förmlich! Ist das nicht besorgniserregend?! Lieber Freund, es wird – es kann doch nicht die *Zuckerruhr* im Anzuge sein?!«

»Ach, lächerlich,« entgegnete ich, wirklich geärgert durch diese ewige Zärtelei. »Vom Tortenessen die Zuckerruhr! – Höre – ich wollte dir schon längst 'mal sagen: du nimmst die ganze Sache verzweifelt tragisch. Schließlich ist das Ereignis doch ein natürliches. Du bist eben eine unglaublich ängstliche Kreatur –«

»Nein, nein, nein, lieber Freund!« rief er in jenem düsterpathetischen Tone, den er jetzt so häufig annahm, »meine Vorsicht ist nicht allzugroß, im Gegenteil – ich bin leichtsinnig, ich weiß es, aber ich bemühe mich, es weniger zu sein. Aber ihr kennt den Ernst der Sache nicht! – Nun, also wegen der Zuckerruhr kann ich beruhigt sein, meinst du? Unser Arzt meinte es auch, aber man muß eben mehrere hören. Ich danke dir, lieber Freund, guten Abend!«

Wieder ein andermal kam er quer über die Straße her auf mich zugestürzt, schon von weitem rufend: »Hast du von unserem gestrigen Unfall gehört? Nichts? – Na, wir haben einen schönen Schreck gehabt! Denke dir: ich kehre in der Dämmerung von einem Einkaufsweg zurück – ich hatte Saugflaschen und Schnabeltassen besorgt; das Mädchen versteht ja so etwas nicht und meine Frau darf, wie du weißt, nicht ausgehen – also, ich trete ins Haus und besteige den Fahrstuhl – da gleitet das Seil von dem Rad, der Fahrstuhl kippt um und stürzt mit mir und den Saugflaschen und Schnabeltassen herunter, daß die Scherben nur so fliegen! Glücklicherweise war ich noch nicht eine halbe Etage hoch, aber es verursachte natürlich einen Heidenspektakel und meine Frau bekam wieder ihren Unfall. –

Na, jetzt ist sie wieder auf dem Zeug. Du, es kann nun bald losgehen! Ja, ja, lieber Freund, der Arzt präpariert sich schon darauf!«

»Nun, hoffentlich brauchst du ihn gar nicht,« versetzte ich, um nur etwas zu sagen.

»*Zugegen* muß er jedenfalls sein – das versteht sich! Ja, ich denke daran, noch einen *zweiten*zuzuziehen –«

»Liegen denn so ungünstige Umstände vor?«

»Im Gegenteil – die denkbar günstigsten! Der Arzt spricht von einem ›idealen Fall!‹ Aber deshalb will ich denn doch nicht – man braucht sich nachher keine Vorwürfe zu machen. Aber ich stehe da und plaudere und vergesse ganz, daß ich noch Gummiunterlagen zu kaufen habe – adieu, adieu!«

Ich gebrauchte nun schon die äußerste Vorsicht, meinem schrecklichen Freunde zu entgehen; und diese Vorsicht wurde von Tag zu Tag nötiger, denn weiß der Himmel, er verfolgte mich jetzt auf Schritt und Tritt und fand mich auf, wie schlau ich es auch anstellen mochte, mich seinen Verfolgungen zu entziehen.

Eines Morgens – es war noch sehr früh und ich saß vor meiner Staffelei und malte emsig – sah ich ihn zu meinem Entsetzen ins Atelier treten, der einzige Ort, den er bis jetzt wenigstens noch respektiert hatte.

»Die Tanten meiner Frau sind angekommen!« rief er, noch ganz atemlos vom Laufen, »sie haben Wickelbänder mitgebracht, die natürlich viel zu lang sind, indessen das kann leicht geändert werden, dann aber eine *Wiege*, die ich durchaus nicht verwenden kann, lächerlich – eine uralte Konstruktion! Ich fahnde schon seit langem auf eine Wiege mit Klappmechanismus, die es hier in den Läden nicht giebt. In der ›Illustrierten‹ war 'mal eine Zeichnung davon, aber ich weiß die Nummer nicht mehr. Da fiel mir ein, du hältst ja das Blatt – wärst du so gut, die zwei letzten Jahrgänge 'mal durchzusehen? Oder erinnerst du dich etwa?«

»Höre 'mal« – konnte ich mich doch nicht enthalten ärgerlich zu sagen – »du verlangst wirklich sonderbare Dinge von mir. Wiegen und Wickelbänder – was zum Teufel soll ich als Junggeselle –«

»Nun, nun, sei nur nicht böse! Du wirst mir aber doch die Bände auf ein paar Tage überlassen? Also gut! Ich lasse sie abholen! Adieu, lieber Freund, ich muß noch – wegen der Hebamme – sag' 'mal: glaubst du, daß 40 Mark genug sein werden, außer dem Goldstück in die Badewanne, wenn sie das Kind wäscht, – was?«

»Ach, laß mich zufrieden!« sagte ich ärgerlich, »was versteh' ich denn vom Hebammentarif.«

»Du kannst aber doch eine Ansicht darüber haben – na, ich gehe schon, ich gehe! Ich komme lieber ein andermal wieder!«

»Nur die nächsten vier Wochen nicht!« rief ich ihm noch von der Thür nach. Aber er war schon die Treppe hinunter. –

Kurze Zeit nach diesem Überfall (ich gebrauchte seitdem die Vorsicht, mich einzuriegeln, wenn ich im Atelier arbeitete), an einem prächtigen Augustabende, hatte ich, etwas früher als sonst, mein Malzeug beiseite gestellt, eine Cigarre angezündet und war langsam die schöne Allee hinabgeschleudert, welche an meinem Atelier vorüber nach einem nahegelegenen Dörfchen führte. Wie ich nämlich am Tage zuvor in Erfahrung gebracht, sollte hierher die kleine Helene, eine allerliebste Putzmacherin, die ich jüngst durch Zufall kennen gelernt und seitdem nicht wieder vergessen hatte, allabendlich um die siebente Stunde ihre Schritte lenken. Die reizende Aussicht, das hübsche Kind wiedersehen, ja ohne Zeugen sprechen zu können, die vortreffliche Cigarre und der erquickende Luftzug, der durch die alten Lindenbäume wehte, versetzten mich nach und nach in die rosigste Stimmung. Und jetzt, bei einer Biegung der Allee, sah ich, in gar nicht allzuweiter Ferne, ein blaues Kleid durch das Buschwerk schimmern. Herzklopfend blieb ich stehen; dann aber verdoppelte ich entschlossen meine Schritte. Sie war es in der That, sehr niedlich gekleidet, und schon erwägte ich im Gemüt die Worte, mit welchen ein schickliches Gespräch einzuleiten wäre, als das Gerassel eines auf der Landstraße heranrollenden Wagens mich veranlaßte, noch einen Moment mit dem entscheidenden Schritt zu zögern.

Wer aber beschreibt mein Entsetzen, als ich in dem Insassen des eilig heranrasselnden Gefährtes meinen entsetzlichen Freund erkannte, der bei meinem Anblick dem Kutscher zu halten befahl, aus dem Wagen sprang und mit allen Zeichen der Aufregung auf mich zustürzte!

»Gott sei Dank, daß ich dich gleich hier treffe!« rief er beinah atemlos. »Ich würde die ganze Stadt nach dir abgesucht haben –«

»Lieber Freund,« unterbrach ich ihn sehr kalt und gelassen, denn ich fühlte, daß hier Entschiedenheit notwendig sei, »laß dir zunächst sagen, daß ich augenblicklich keine Minute Zeit habe –«

»Nur einen *Augenblick!* Du *mußt* mich hören –«

»Nein, ich muß und ich kann auch nicht!« schrie ich, außer mir bei dem Gedanken, dieser Zwischenfall könnte meine schönsten Hoffnungen vernichten. »Wenn du's denn durchaus wissen willst: eine junge Dame, für die ich mich interessiere, die ich vielleicht nie wiedersehe – bei Gott, siehst du, dort verschwindet sie eben – *laß mich!!* –«

»Nein, niemals!« schrie er, mich am Arme fassend, »ich lasse dich nicht. Freund! einer solchen Liebelei wegen willst du mich, bei dem es sich um Tod und Leben –«

»Nun so rück' in's Teufels Namen heraus damit! – Sie wird mir entgehen! Sag' was du hast und dann halte mich nicht länger auf!«

»Lieber Freund, ich wußte es wohl, du würdest, du mußtest mir beistehen. Sieh', es handelt sich um nichts geringeres als um eine *Amme*. Unterbrich mich nicht! Ich bin dir wie gehetzt. Auf drei Dörfern war ich gestern, jetzt komme ich von Drillwitz – heute früh war ich in Schönfels und Knüppelhausen – alles vergeblich, keine nur einigermaßen zweckentsprechend –«

»Und deswegen hältst du mich in solch' einem Moment auf!« schrie ich entrüstet, außer mir. »Mensch, was soll ich denn dabei thun!«

»Lieber Freund,« sprach er plötzlich ruhig, fast feierlich, die Hand auf meine Schulter legend, »ich bitte dich, ich verlange von dir in ernster Stunde diesen Freundschaftsdienst: *Fahre für mich nach Altenburg!* Du weißt, ich kann augenblicklich nicht auf drei Stunden vom Hause abkommen und eine Tagereise ist es immerhin. Durch Schreiben eine so wichtige Angelegenheit zu erledigen erscheint mir gewissenlos. Du bist mein bester, mein ältester Freund, du wirst sehen, prüfen – ich kann mich auf dich verlassen – – sage nichts, lieber Freund! Du bist Maler! Wie ein gesundes und kräftiges Mädchen beschaffen sein muß, das weißt du! Andere Anforderungen, was das Äußere betrifft, stelle ich nicht. Natürlich müßte es auch ein *anständiges* Mädchen sein, aus achtbarer Familie, hörst du! – am liebsten eine *Lehrerstochter* –«

»Ich glaube bei Gott, du bist übergeschnappt!« rief ich aufbrausend. »Nein, – ein solcher Unsinn ist noch nicht dagewesen!«

»Du wirst doch den gewaltigen Einfluß nicht leugnen wollen –«

Aber mein Geduldsfaden war gerissen. »Geh' zum Teufel mit deinem Geschwätz!« schrie ich ihn an, daß er drei Schritt zurückprallte. »Ich hab' deine Vaterschaft satt bis an den Hals! Nichts will ich weiter hören, nichts, gar nichts! Meinetwegen laß dir eine Generalstochter kommen und drei Schock Wiegen mit Klappmechanismus. – Mich aber laß zufrieden, zufrieden, zufrieden! Und wenn du dich wieder normal im Kopfe fühlst, dann kannst du mir's wissen lassen.«

»In dieser schicksalsschweren Stunde –« fing er feierlich an.

Aber ich hielt mir die Ohren zu und rannte davon – – – –

Seitdem habe ich Ruhe vor meinem schrecklichen Freunde, in dessen Hause das »große« Ereignis übrigens noch immer nicht vor sich gegangen ist. Es ist möglich, daß ich mich später wieder mit ihm aussöhne – wenn das Kind *ganz erwachsen* ist. Für jetzt aber – um alles in der Welt nicht: dieser Mensch wäre imstande, mich auch zur Reinigung von Kinderwäsche zu Rat zu ziehen!

Ein interessanter Abend.

Der Buchhalter Winkler war ein ausgemachter Litteraturfex, d. h. er gehörte zu den eifrigsten Kunden der Leihbibliotheken, las in und außer den Comptoirstunden alle erdenklichen Romane, Novellen und Broschüren und betrachtete mit Ehrfurcht jeden, der etwas hatte drucken lassen. Für die persönliche Bekanntschaft mit einem solchen ungewöhnlichen Menschen würde Herr Winkler einen Finger seiner rechten Hand geopfert haben.

Durch das viele Lesen von Büchern, die er nicht immer verstanden, war er ein wenig konfus und sehr aufgeregt geworden, galt aber für einen guten Kerl, der viel Freunde besaß, die ihn nur gelegentlich ob der oben geschilderten Eigenschaften zum besten hielten.

Zu den Bekannten, die seine schwache Seite nach Möglichkeit ausnutzten, gehörte vornehmlich der Farbenhändler Vollert. Eines Abends, als Vollert in Begleitung eines auswärtigen Kunden, des Handschuhfabrikanten Brinkmann, in den Bekanntenkreis trat, der sich allabendlich in »Häberleins Keller« zu versammeln pflegte, rückte er mit dem Plan heraus, dem Dichterenthusiasten Winkler, der noch erwartet wurde, Brinkmann als den Schriftsteller Auerbach vorzustellen. Eine flüchtige Ähnlichkeit beider hatte ihm unterwegs die Idee eingegeben. Der Gedanke fand jubelnde Zustimmung, und als bald darauf Winkler hereintrat und, die Bekannten begrüßend, von Platz zu Platz schritt, nahm ihn Vollert geheimnisvoll beiseite.

»Sie haben ein Schwein,« sagte er ihm halblaut, »wie noch keines dagewesen ist. Wissen Sie, wer der Fremde da an unserem Tische ist? Berthold Auerbach, der berühmte Dichter! Ich hatte geschäftlich mit ihm zu thun und habe ihn mitgebracht, weil ich dachte, es würde Ihnen Freude machen.«

Winklers Augen leuchteten; er drückte Vollert erregt die Hand.

»Das ist ein Freundschaftsdienst, den ich Ihnen nicht vergesse, Vollert. Ich bitte, stellen Sie mich sogleich vor. Auerbach! Das ist ja hoch interessant. Gerade Auerbach! Denken Sie sich, er hat meine Schwestern unterrichtet, als er noch einfacher Hauslehrer war.«

Die Vorstellung ging unter gespannter Aufmerksamkeit der Versammlung von statten. Vollert fand Gelegenheit, dem Pseudo-Auerbach zuzuflüstern:

»Du hast vor Jahren Winklers Schwestern unterrichtet – vergiß das nicht!«

Winkler nahm natürlich neben dem Berühmten Platz, während die Übrigen absichtlich etwas zusammenrückten, um die Beiden allein zu lassen und unbemerkter ihrem Gespräch folgen zu können.

Der Handschuhfabrikant Brinkmann war kein besonders ungebildeter Mensch, aber nur sehr schwach in der neueren Litteratur beschlagen, von der er nur ganz oberflächlich die Namen der Hauptvertreter und die Titel ihrer Hauptwerke kannte, wobei auch noch mancherlei Verwechselungen mit unterliefen. Es wurde ihm deshalb gar nicht sehr behaglich zu Mute, als ihm Winkler sofort mit einer Menge intimer litterarischer Fragen zu Leibe rückte und eine erstaunliche Unermüdlichkeit im Aufstellen neuer und Brinkmann ganz ungewohnter Themata bewies. Er half sich so gut er konnte mit allerlei nichtssagenden Redensarten, womit sich jener glücklicherweise genügen ließ, atmete indessen doch erleichtert auf, als nach Verlauf einer Viertelstunde Winkler mit der Bitte um Entschuldigung sich plötzlich erhob und zu Vollert eilte, der sich ans untere Ende der Tafel gesetzt, um mit den Freunden freier über die gelungene Situation plaudern zu können.

Winkler, der sich durchaus Einem mitteilen mußte, näherte sich ihm, offenbar hochgradig erregt über den seltenen Genuß.

»Er ist höchst interessant,« flüsterte er. »Aber merkwürdig: wie man sich so ein falsches Bild von einem Menschen macht. Ich hatte mir den Auerbach immer als einen älteren Herrn vorgestellt. Das ist ja noch ein ganz jugendlicher Mann, ein wahrer Jüngling! Und dabei schon solche Leistungen – es ist großartig!«

»Rücken Sie ihm nur dicht auf den Leib!« ermunterte Vollert. »Die Gelegenheit muß benutzt werden. Ich unterhalte die anderen, um Ihnen Spielraum zu schaffen.«

»*Den* laß ich heute Abend nicht wieder los!« entgegnete Winkler mit schrecklicher Bestimmtheit. »Passen Sie auf, jetzt fang ich von meinen Schwestern an.«

Für den Handschuhfabrikanten Brinkmann ward es eine böse Viertelstunde, als der Buchhalter Winkler die Erinnerungen an seine ehemaligen Schülerinnen auffrischte. Zwar war er auf das Thema, wie wir wissen, vorbereitet, aber Winkler setzte ihn doch durch viele Einzelheiten nicht wenig in Verlegenheit.

»Sie wohnten damals im Schrötergäßchen, nicht wahr, Herr Doktor? Meine Schwestern haben mir das so oft erzählt – bei der kleinen, dicken Witwe, Frau – Gott, wie hieß sie doch gleich?«

»Auf den Namen besinne ich mich auch nicht mehr,« stammelte Brinkmann, der es schon längst bereute, sich zu der Mystifikation hergegeben zu haben. »Es ist schon zu lange her –«

»Einundzwanzig Jahre!« warf Winkler mit Sicherheit ein.

Brinkmann überlief ein Schauder: er war damals elf Jahre gewesen.

Glücklicherweise verfuhr Herr Winkler in seiner erregten Frageweise höchst sprunghaft.

»Nein, die Freude, Herr Doktor,« unterbrach er sich selbst, »die Freude, Ihnen heute gegenüber sitzen zu dürfen! Mein sehnlichster Wunsch seit Jahren! Ihre Bücher kenne ich auswendig, seitdem ich denken kann. Sagen Sie – wie fangen Sie es nur an, immer wieder Neues zu schaffen! Diese Fülle der Gestalten! Da sind doch wenigstens sechs bis sieben große Romane: Waldfried, Das Landhaus am Rhein – Der Forstmeister – –«

»Was die Schwalbe sang,« schaltete Brinkmann bescheiden ein, der auch eines der Werke zu nennen für angemessen hielt.

»Was – die Schwalbe sang?« sagte Herr Winkler im höchsten Grade erstaunt. »Das ist – ist das nicht von – von *Spielhagen?*«

Brinkmann schoß das Blut in den Kopf. Ein Versehen vorzuschützen war unmöglich, selbst diesem Winkler würde es aufgefallen sein, daß ein Autor auch nur einen Augenblick in dem Wahne sein könnte, das Werk eines anderen geschrieben zu haben. Er mußte es also als *sein* Werk ausgeben, koste es was es wolle. Er lächelte versteckt – o, wie schwer ihm dieses Lächeln fiel! – und versetzte: »Ja – von Spielhagen – so steht es auf dem Titelblatt – aber doch ist es von mir. Ein Einfall, natürlich mit Spielhagen verabredet, ein Scherz, um die Kritiker irre zu führen – Sie verstehen – –«

»Ja, ja!« nickte Herr Winkler, in größter Spannung und mit aufgerissenen Augen der Rede des Dichters folgend, voll Entzücken, in den Besitz eines derartigen Geheimnisses zu gelangen. »Das ist ja hoch interessant. Also auch dieses Werk ist *Ihre* Schöpfung! Sonderbar – es klingt ja merkwürdig, wenn ich es *jetzt* sage – ich habe immer so ein natürlich unklares Gefühl gehabt, als wenn dieser Roman nicht von Spielhagen sein könnte. Nicht, daß ich Spielhagen herabsetzen möchte, o Gott bewahre, im Gegenteil, ich verehre ihn hoch. Sie rechnen ihn doch auch zu den Ersten, die wir haben? Nicht wahr? Das habe ich mir gedacht. Aber, um wieder darauf zurückzukommen: Wo nehmen Sie nur das alles her, Herr Doktor?! Außer diesen Romanen nun noch Ihre göttlichen Dorfgeschichten! Das Barfüßle! Und dann der Diethelm, der Diethelm von Buchenberg! Nein, das ist das Erschütterndste, was ich in der neueren Litteratur kenne!«

»Das ist wohl allzu schmeichelhaft,« wagte Brinkmann einzuwerfen. Er hatte nicht die leiseste Ahnung, wer dieser Diethelm sei.

Aber Winkler fuhr begeistert fort:

»Eine solche Geschichte, nicht wahr, Herr Doktor, ist doch *nach dem Leben?* Ach, verzeihen Sie, es würde mich ganz ungeheuer interessieren, wenn Sie mir eine Frage beantworten wollten: Was ist an der Geschichte mit dem Diethelm *wirklich passiert?*«

Brinkmann standen die Schweißtropfen auf der Stirn. Er wußte nichts, rein gar nichts von der Geschichte und sollte Auskunft geben.

»Die Geschichte,« begann er unsicher, »ist in der That, Sie haben ganz recht, wirklich passiert, genau so, wie sie – ist, das heißt, wie ich – ja, wie ich sie geschrieben habe. Aber meinen Sie nicht, Herr Winkler, daß wir uns auch der übrigen Gesellschaft –«

»Genau *so?!*« rief Herr Winkler, die letzten Worte völlig überhörend. »Es ist erstaunlich! Also diese Menschen haben wirklich existiert! Und wo, wenn es nicht zu unbescheiden ist, zu fragen, wo?«

Brinkmann schwitzte Blut. Er hatte die beiden Schriftsteller Auerbach und Baumbach, des ähnlichen Klanges ihres Namens wegen, nie recht auseinander halten können und besann sich jetzt, im Drang der fürchterlichen Lage, daß Auerbach, den er augenblicklich für Baumbach hielt, ein Thüringer sei. Er stotterte also:

»In – in Thüringen.«

»In Thüringen?« wiederholte Winkler höchlich verwundert. »Nun sagen Sie 'mal. die Geschichte spielt aber doch im *Schwarzwald?*«

Brinkmann sah feurige Funken vor den Augen. Er wünschte sich drei Klafter unter den Erdboden.

»Im Schwarzwald,« fing er mühsam an, »im Schwarzwald spielt sie allerdings. Aber Sie können sich denken, nämlich – der Schauplatz ist dahin *verlegt.* Man macht das gern aus Gründen, die ich – die sehr nahe liegen – Aber wollen wir nicht – –«

»Verstehe, verstehe!« nickte Herr Winkler, den die vielerlei Enthüllungen, die ihm heute Abend zu teil wurden, in immer höhere Entzückung und Erregung versetzten.

»Aber wollen wir uns nicht doch,« versuchte Herr Brinkmann von neuem einzuwenden, »der übrigen Gesellschaft anschließen –«

»Ich bitte Sie, Herr Doktor, ich beschwöre Sie,« flüsterte Herr Winkler, »lassen Sie diese Herren ruhig sitzen, sie werden gleich zu skaten anfangen, sie haben nicht den geringsten Sinn für Litteratur – aber mir, Herr Doktor, ist das, was Sie da eben sagten, ganz ungeheuer interessant. Also der Schauplatz wird oft verlegt. Natürlich, es ist ja eigentlich ganz selbstverständlich. Und Sie haben das Prinzip auch in anderen Schöpfungen noch öfter angewandt?«

Brinkmann sah ihn erschöpft, fast blöde an.

»Ja, öfter,« wiederholte er mechanisch.

»Zum Beispiel in?« rief Herr Winkler, der jetzt auf Enthüllungen brannte.

Brinkmann, in die Enge getrieben und jetzt völlig Auerbach mit Baumbach verwechselnd, versetzte heiseren Tones:

»In meinen Gedichten –«

»Sie haben auch *Gedichte* geschrieben?« rief Herr Winkler in maßlosem Erstaunen. »Zu meiner Schande, Herr Doktor, muß ich gestehen, daß ich sie nicht kenne. Darf ich mir die Frage erlauben, unter welchem Titel die Sammlung erschienen ist?«

»Unter verschiedenen Titeln,« entgegnete Herr Brinkmann etwas freier – Gott sei Dank, wenigstens die Gedichte kannte dieser Mensch nicht! – »Lieder eines fahrenden Gesellen, Abenteuer und Schwänke, Enzian –«

»Enzian, Abenteuer und Schwänke?« rief Herr Winkler in einer Betroffenheit, die Brinkmann erschreckte. »Mein Gott – unter denselben Titeln – das ist doch sonderbar – hat ja auch – *Baumbach* Gedichte veröffentlicht –«

Brinkmann drehte sich alles im Kreise; das Blut schoß ihm in die Schläfen. Er wollte lächeln, aber sein Gesicht, das fühlte er, verzerrte sich zu einer entsetzlichen Fratze.

»Haben Sie,« brachte er endlich mit äußerster Anstrengung hervor, »noch nicht gehört, daß Baumbach ein Pseudonym ist – mein Pseudonym für Gedichte?«

»Also der ganze Baumbach ist von Ihnen!« rief Herr Winkler überwältigt von der Neuheit des Gedankens. »Das ist ja großartig! Das ist ja ganz ungeheuer interessant! Wollen Sie mir erlauben, Herr Doktor, daß ich diese intimen Bekenntnisse gelegentlich der Öffentlichkeit –«

»Was Sie wollen, ganz nach Belieben,« versetzte Herr Brinkmann, dem dicke Schweißtropfen auf Stirn und Nase standen. »Aber jetzt, Herr Winkler, bedaure ich, keinen Augenblick länger verweilen zu können. Verpflichtungen zwingen mich. Ich habe die Ehre, Herr Winkler! Guten Abend, Herr Vollert! Adieu, meine Herren!«

»Wie, Sie wollen schon fort, Herr Doktor?« rief Vollert. »Bleiben Sie nicht noch ein Stündchen?«

»Keinen Augenblick,« versetzte Brinkmann, den wiederholten Verbeugungen Winklers, der es sich nicht nehmen ließ, den berühmten Dichter zur Thüre zu begleiten, durch die Flucht enteilend.

Kaum war er entschwunden, als sich Vollert und die Bekannten um den erregt blickenden Winkler schaarten.

»Nun, wie war er? Haben Sie sich gut unterhalten? Lassen Sie doch was hören!« – so schwirrten die Fragen und Ausrufe durcheinander.

»Kinder,« sagte Winkler in gehobenster Stimmung, »das war einer der interessantesten Abende meines Lebens. Welch' ein Genie! Und welch' eine rührende Bescheidenheit! Er hat mit mir geplaudert, als wenn ich ein Kollege von ihm wäre. Tausenderlei neue interessante Dinge habe ich erfahren. Glaubt mir, diese Unterhaltung hat litterar-historischen Wert! Nein, über wie vieles man im Publikum ganz schauderhaft unterrichtet ist. Z. B. ›Auf der Höhe‹ ist gar nicht von ihm, kannte er gar nicht! Und dann, denkt euch 'mal: ›Was die Schwalbe sang‹, den bekannten Roman von Spielhagen – hat *Auerbach* geschrieben! Weiß Gott, hat er geschrieben! Ist das nicht gelungen?! Aber was das Merkwürdigste ist: *Baumbach, der bekannte Baumbach, existiert gar nicht!* Baumbach ist Auerbach, ist ein Pseudonym, unter dem Auerbach Baumbachs sämtliche Werke geschrieben hat! Unsinn? Gar kein Unsinn, er hat sie geschrieben, hat mir's selbst gesagt –«

In diesem Augenblick näherte sich der Oberkellner der Gruppe und sagte:

»Herr Handschuhfabrikant Brinkmann hat seinen Stock hier zurückgelassen und läßt Herrn Vollert bitten, ihm denselben morgen mitzubringen.«

Winkler stand einen Augenblick wie »zur Statue entgeistert«. Dann riß er wütend seinen Hut vom Nagel und mit den Worten: »Vollert, das vergesse ich Ihnen im Leben nicht!« stürmte er aus dem Keller.

Überraschungen.

Es war an einem Septemberabende. Mein dicker Freund August saß mit seiner Gattin beim Abendbrot. Plötzlich ertönte die Vorsaalklingel. »Na nu – wer kommt denn noch?« sagte August. Die kleine Frau aber war blitzschnell nach der Thüre geeilt. »Emilie, Fanny! Hinunter, es sind die Kerls!« Und während die Mädchen die Treppe hinabjagten, rannte Frau Amalie ins Schlafzimmer, riß das Fenster auf und rief mit all' der Energie, die ihr zu Gebote stand: »Nichtsnutziges Gesindel! Auf die Polizei will ich schicken!!« was aber nur zur Folge hatte, daß zwei Gestalten mit beschleunigterem Tempo in der Dunkelheit verschwanden. Frau Amalie rief den Mädchen, schlug das Fenster klirrend zu und begab sich, hochrot vor Aufregung, ins Speisezimmer zurück, wo soeben August seelenruhig eine Leberwurst bearbeitete. »August! Willst du nun endlich was dagegen thun, oder sollen wir zum Gespött der Leute werden?«

»Liebes Kind,« sagte August, »rege dich doch nicht auf! Iß 'mal von der Leberwurst, die ist vorzüglich –«

»August, daß du noch scherzen kannst, wo man deine Frau – seit vier Wochen fast tagtäglich – zum Narren hält –«

»Mich doch auch –«

»Dich nicht – dich rührt nichts! Aber das sage ich dir: wenn du morgen nicht zur Polizei gehst, gehe ich hin und blamiere dich!« Und Frau Amalie stach in großer Aufregung nach einer Senfgurke, die verzweifelten Widerstand leistete.

August brummte etwas, das wie eine Zustimmung klingen konnte, und seine Gattin fuhr fort: »Wenn zwei Männer vor dem Hause patrouillieren, so *müssen* sie die Kerls erwischen. Ich bin überzeugt, daß es Arbeiter sind; denn stets klingelt's gleich nach acht, wo die Fabriken schließen!«

»Möglich!« meinte August, mit vollen Backen kauend.

»Nein, nicht *möglich* – es ist *sicher!* . . Ach, es ist ja ein Skandal mit dieser Hausgenossenschaft! Wenn die im Parterre *wollten*, könnten sie es so leicht herauskriegen, aber die Gesellschaft will ja nicht!

Glaubst du, die freuen sich noch, wenn wir oben 'rausgeklingelt werden –«

»I wo – das bild'st du dir ein,« sagte August, fuhr aber, einem aufsteigenden Sturme vorbeugend, schnell fort: »Weißt du was, Schatz, wenn du mit dem Essen fertig bist, könnte Emilie abräumen. Komm' her, Alte, ein Pikettchen wird dir die alberne Geschichte aus dem Kopf bringen. Zehn – sieben. Also ich gebe.«

Frau Amalie hatte augenscheinlich Glück. Schon im ersten Spiel bekam sie einen »Sechzehner«, im zweiten die »Lese«, und als im dritten alle »Vierzehn As« und ein »Siebzehner von oben herab« sich in ihrer Karte vorfanden, da verflüchtigte sich der Rest des vorherigen Ärgers zusehends. Ihre Bäckchen glühten vor freudiger Erregung, wie sie »carte blanche« ansagte und den unwiderleglichen Beweis triumphierend enthüllte.

In diesem Augenblicke begann das Hämmerwerk der elektrischen Vorsaalklingel in rasenden Vibrationen zu ertönen! August saß wie erstarrt; Frau Amalie aber warf die Karten zusammen und brach in Thränen aus. »Die Schändlichen! Aber das muß aufhören. August, hörst du?! Ich werde krank, wenn das so weiter geht! . . Fanny! Emilie!! Laßt es gut sein! . . Bemühe dich nicht, August, das 'Naussehen thut's nicht! Aber ich werde jetzt dafür sorgen, daß es dem Pack eingetränkt wird! Ja, das werde ich, und wenn ich die ganze Polizei aufbieten müßte! – Komme mir nur nicht jetzt mit dem Weiterspielen – nein, lesen kann ich auch nicht – ich werde mich niederlegen!« Und noch um Mitternacht, als August längst schlummerte, baute Frau Amalie Pläne um Pläne zur Habhaftwerdung der Mörder ihrer Hausruhe.

Scheint ihr wirklich nahe zu gehen, dachte August, als er andern Morgens die geröteten Augen seiner Gattin sah, welche die Nacht schlaflos verbracht zu haben erklärte. Na, da muß ja wohl was geschehen. Ich werde nach Tisch 'mal bei Viktor vorsprechen. Vielleicht thut der mir den Gefallen und lauert mit mir ein paar Abende den Kerls auf. Die Polizei soll mir vom Halse bleiben!

Als August abends 7 Uhr vom Bureau nach Hause kam, sagte er nicht ohne eine gewisse Genugtuung zu seiner Gattin: »Beeile dich ein bißchen mit dem Abendessen. Um halb 8 Uhr ziehe ich mit Viktor auf Hauswache!«

Wenn er indes geglaubt hatte, seine Gattin würde diese Mitteilung sehr freudig entgegennehmen, so sah er sich enttäuscht. Sie sagte weiter nichts als: »Mit Viktor?« und setzte trocken hinzu: »Ich will euch nicht abhalten!« Der Abend verlief übrigens ohne jede Störung. Gegen 10 Uhr erschien der pflichtgetreue August mit der Meldung, daß nicht das geringste Verdächtige zu bemerken gewesen sei. Frau Amalie nahm auch diese Mitteilung mit Schweigen und, wie es August schien, mit leichtem Achselzucken auf. Der nächste Abend lieferte dasselbe negative Resultat; auch ein dritter und vierter führten zu keinem Ergebnis, sehr zum Verdruß Augusts, der durch das viele vergebliche auf dem Anstandliegen in eine wahrhafte Jägerstimmung hineingekommen war. Am wenigsten berührt von dem Mißerfolg schien merkwürdigerweise Frau Amalie zu sein. Mindestens setzte sie allen Mitteilungen und Bemerkungen Augusts über diese Angelegenheit ein konsequentes Schweigen entgegen. Sie begnügte sich, mit dem Kopfe zu nicken oder die Achseln zu zucken. Das gefiel ihm nicht. Er kannte seine Frau, dahinter stak etwas.

»Hast du etwa doch die Polizei benachrichtigt?« fragte er sie.

»Nein, ich habe mir's überlegt. Es ist doch besser, wenn wir uns selber helfen!«

August wußte nicht, was er davon denken sollte. Als er am fünften Abend seiner Gattin den üblichen inhaltslosen Rapport abstattete, lachte sie höhnisch auf: »Wundert euch das? Mich nicht! Dich in deinem hellen Überzieher sieht jeder Schafskopf hundert Schritt weit. Und dann, wenn wirklich einer käme, wie willst du – denn Viktor zählt für mich nicht – wie willst du ihn denn bei deinen 200 Pfund einholen?!«

»Oho!« sagte August.

»Thu' mir den einzigen Gefallen und bleib' mit deinem Viktor zu Hause. Gute Nacht. – Ihr wär't mir die Rechten!« – Beim Ausziehen sagte sich August: das Ding muß ein Ende nehmen! Mit dem Überzieher kann sie recht haben. Ich werde mir Viktors schwarzen Radmantel borgen und dann soll's in drei Teufels Namen nochmals versucht werden, aber das letzte Mal – der Zustand ist unerträglich.

Als er am nächsten Abend halb 8 Uhr die Gattin verließ, wagte er noch einmal eine zuversichtliche Äußerung: »Pass' auf – heute kommen sie! Und daß sie gehörig empfangen werden, darauf verlaß' dich!«

Frau Amalie blieb stumm und sah ihrem Gatten mit eigentümlichem Lächeln nach. Von einem auf andere Verlassen war bei ihr nicht die Rede. Aber auch sie hatte einen Plan. Wohlweislich hatte sie denselben ihrem Gatten verschwiegen, denn dieser, das wußte sie, würde allerhand Gründe dagegen vorgebracht und am Ende gar sich der Ausführung widersetzt haben: in solchen Fällen war er mitunter unglaublich hartköpfig. Sowie er aber jetzt das Haus verlassen hatte, wurden – wie bereits an jedem der fünf vorhergehenden Tage – im Schlafzimmer, dessen eines Fenster genau über der Hausthüre lag, von Fanny und Emilie allerhand Gerätschaften bereit gestellt und mancherlei ungewöhnliche Anstalten getroffen.

August hatte inzwischen Viktors Wohnung in gehobener Stimmung betreten. Unterwegs war ihm eine Idee gekommen, eine wahrhaft brillante Idee! Lebhafter wie sonst rief er Viktor zu: »Hole mir vor allen Dingen deinen Radmantel und Cylinderhut!« Und als der Freund diese selten benutzten Stücke kopfschüttelnd beigebracht, fuhr August glänzenden Blickes fort: »Viktor, du weißt, daß es bei meiner Frau zur fixen Idee geworden ist, die Rausklingler ertappt und bestraft zu sehen. Du weißt auch, daß es nach den fünf vergeblichen Nachtwachen mehr als unwahrscheinlich ist, daß die Kerls uns den Gefallen thun werden, *heute* zu kommen. Länger aber hält's meine Frau nicht mehr aus! Ihre Ruhe täuscht mich nicht, ich weiß: sie fiebert innerlich. Wenn sie heute *nicht* kommen – dann passiert was, ich kenne meine Frau! Und das hat mich auf eine Idee gebracht. Hör' zu! Wir versuchend heute erst noch einmal mit dem Aufpassen. Kommen sie innerhalb einer Stunde *nicht*, dann, Viktor, *dann klingeln wir selbst!!* – Unterbrich mich nicht und höre weiter! – Das heißt: ich klingle – *du* springst auf mich zu. Ich reiße aus – du schreist wie besessen: »Halt da! Halt auf!!« und rennst mir nach. Im Laufen kann ich dann auch mitschreien, um den Skandal zu verstärken. Meine Frau kommt natürlich auf das Klingeln hin ans Fenster, hört den Lärm und unsere Haltrufe; wir kommen nach einem Weilchen zurück, berichten ihr triumphierend – in der Hitze des Gefechtes macht sich das alles ganz famos – daß wir die Halunken erwischt, tüchtig durchgebläut und dann der Polizei übergeben hätten und so weiter – und du sollst 'mal sehen, welche wohlthätige Wirkung diese unschuldige Lüge auf meine Frau ausüben wird! Die Genugthuung, nach der sie lechzt, wird ihr unendlich wohlthun und die Ruhe unserer Häuslichkeit ist wieder hergestellt. Daß die Kerls nämlich wirklich wiederkommen sollten, glaube ich nicht. Ich denke mir, sie haben Lunte gerochen. Kämen sie aber doch, nun so bleibt uns schlimmstenfalls immer noch die Polizei!«

»Ja, aber wozu denn da Radmantel und Cylinderhut?« wagte Viktor einzuwenden. »Die ordinärsten Sachen würden's doch auch thun!«

»Falsch, ganz falsch, Viktor! Ich muß nicht nur unkenntlich, sondern auch *anständig* ausstaffiert sein. Denn wir müssen die Möglichkeit ins Auge fassen, daß infolge der Haltrufe Leute hinzuspringen. Einen anständig gekleideten Herrn im Cylinderhut hält so leicht niemand auf, man sieht dann gleich, daß es sich um einen Scherz handelt. Die Maßregel ist also nicht überflüssig.«

Der Logik dieser Ausführungen wußte Viktor nichts entgegenzustellen und die Kostümierung ging vor sich.

Nachdem die Freunde auf ihrem gewöhnlichen Standorte, einem von Gebüsch umgebenen, von der Straße seitab gelegenen Schuppen, schrägüber von Augusts Wohnhaus, eine kleine Stunde vergeblich gewartet hatten, schritten sie zur Ausführung der zweiten Hälfte ihres Vorhabens – nicht ohne Herzklopfen von seiten Augusts. Ihm war das Klingeln zugefallen, und einen Moment konnte er sich des Gedankens nicht erwehren, die Hausthüre möchte im Augenblicke des Klingelns von seiner Gattin geöffnet werden. Zurücktreten von dem ganzen Plane ging aber nun nicht mehr an: er durfte sich doch vor Viktor nicht so blamieren!

So trennten sich also die Freunde nach der Verabredung, und schlichen dann, August voran und in etwa 30 Schritt Entfernung hinter ihm Viktor, auf der tiefschattigen Häuserseite Augusts Hause zu.

Unterdessen hatte Frau Amalie von Schlag 8 Uhr an unablässig, trotz der kalten Abendluft, an einem halbgeöffneten Fenster der Schlafstube gekauert und vorsichtig ausgespäht, ob die gehaßten sich etwa blicken lassen möchten. Am anderen Fenster, dessen beide Flügel weit zurückgeschlagen waren, standen, lautlos wie Steinbilder, Fanny und Emilie, jede eine mächtige Schüssel voll weißlich schimmernden Inhalts vor sich auf dem Fensterbrett, der Befehle ihrer Herrin gewärtig. »Aufgepaßt!« klang es jetzt gedämpft vom anderen Fenster her, wo Augusts Gattin lauerte, »da kommt wer – es schleicht einer heran – nein, zwei, sie sind's!! Jetzt still und regt euch nicht, bis ich kommandiere!«

Noch kurz vor dem Hause hatte sich August, erschreckt durch einen plötzlich auftauchenden Spaziergänger, hinter einen der dicken Lindenstämme geflüchtet. Das Haus lag vor ihm, in völlige Dunkelheit gehüllt. In keiner Etage brannte Licht; im Schlafzimmer seiner Wohnung standen, wie immer um diese Zeit, die Fenster offen – – die Schritte des unbequemen Wanderers verhalten – jetzt galt es! Mit drei Sätzen war er an der Thür, seine Hand fuhr nach dem porzellanenen Knopf und –

»Runter mit der Schlippermilch!« ertönte das Kommando der Frau Amalie, und August, festgewurzelt von dem Klang der Stimme, fühlte mit heftigem Prall seinen Hut fortgeschnellt und eine Sturzflut eiskalten schlüpfrigen Zeuges über sich ergießen – –

»Die Asche, Fanny!«

Schrupp! – Es stiebte und stäubte um August herum, und einen Moment war er völlig von einer Wolke eingehüllt und wie geblendet – –

»Halt da! Halt auf!!« brüllte Viktor, und August, in sehr begreiflicher Verwirrung, begann zu laufen, was er laufen konnte.

»Aufhalten! Halt auf!!« schrie Viktor mit Stentorstimme. August selber vergaß zu schreien und rannte nur immer zu. Vor seinen Augen tauchten Personen auf – – »Halt da! Halt auf!!« schrie der unermüdliche Viktor – – Ein August Entgegenkommender begnügte sich, der Jammergestalt lachend eins mit dem Rohrstock zu versetzen. Im nächsten Augenblick warf sich ihm ein Zweiter in den Weg – August sah sich in der Umarmung eines Schutzmanns, im Nu aber auch von einer Anzahl Gaffer umringt.

Hutlos, außer Atem, Gesicht und Mantel schauerlich entstellt und verwüstet, bot August nicht gerade das Bild eines harmlosen, den bessern Ständen angehörigen Spaziergängers dar, und seine etwas zusammenhangslose Darstellung des Sachverhaltes vermochte diesen Eindruck nicht eben abzuschwächen. Der Beamte setzte eine höchst unfreundliche Miene auf und die Sache drohte eine fatale Wendung zu nehmen.

Erst als der hinzueilende Viktor in eindringlicher Rede und mit Hilfe eines Zweimarkstückes August als seinen Freund und sich selbst als einen bekannten Maler legitimierte, konnte von den Freunden der Heimweg, in gemischten Empfindungen, angetreten werden.

Der Cylinderhut wurde unweit der Hausthüre in leidlichem Zustand vorgefunden. Dagegen erwies sich der Radmantel bei dem Umtausch der Kleidungsstücke in Viktors Wohnung als völlig hoffnungslos. »Schlippermilch und Asche«, sagte Viktor melancholisch, »weißt du, August, sehr viel Zweckentsprechenderes konnte nicht gut gewählt werden – allen Respekt vor deiner Gattin!«

Unterdessen hatten sich, kurz nach dem geschilderten Vorgang, die richtigen Klingler (zwei unzufriedene Schreiber von Augusts Bureau), die allabendlich die arglosen Wächter belauscht und heute mit Hohnlachen den ganzen Vorgang beobachtet haben mochten, an Augusts Hausthür eingefunden und auf der elektrischen Klingel ein wahres Höllenkonzert vollführt.

Man kann sich deshalb ausmalen, mit welchem Übermaß von Ärger, Wut und Hohn der unglückselige August, der sich als Wächter so jämmerlich bewährt, von der Gattin empfangen wurde, als er gegen 10 Uhr abends in gedrücktester Stimmung heimkehrte. Den Gipfelpunkt aber erreichte die Aufregung der Frau Amalie, als mein armer Freund, unfähig länger zu heucheln und in dem thörichten Glauben, seine guten Absichten damit beweisen und wohl auch Mitleid für sich erwecken zu können, ihr den ganzen Plan entdeckte und sich als den Klingler bekannte. Die kleine Frau bekam erst einen Krampfanfall, dann aber erklärte sie mit einer Stimme, die auf drei Etagen berechnet schien, daß es kein größeres Ungeheuer auf der ganzen Welt als August gäbe, da ihr nie und nimmermehr jemand ausreden würde, daß er von allem Anfang an die Klingler bestellt und ein heuchlerisches, nichtswürdiges Spiel mit ihrer Ruhe getrieben habe!

Frau Amalie ist, wie ich höre, bei dieser Meinung auch geblieben. – Armer August!

»Romanée mousseux.«

Der Bahnhofsrestaurateur der Station S., Herr Schnüffler, wanderte an einem trüben Novembernachmittag mit dem Hausknecht Friedrich im Wartesaal zweiter Klasse erregt auf und ab. Heute früh war im Telegraphenbureau die Nachricht eingelaufen: Se. Durchlaucht, der Landesfürst, werde nachmittags vier Uhr in S. eintreffen. Der spekulative Geist des Herrn Schnüffler, eines Gastwirts reinster Rasse, hatte den seltenen Besuch sofort mit einer Weinsorte seines Kellers in ideale Verbindung gebracht, einem Schaumwein, der ihm vor Jahren als »Romanée mousseux« aufgehängt worden war und sich hinterher als eine nicht mehr moussierende Limonade gazeuse herausgestellt hatte. Diese Ideenassociation des trefflichen Wirts hatte sich im Laufe des Tages zu einem festen Plane verdichtet.

Das sonst sehr kahle Wartezimmer mit dem Öldruckporträt Sr. Durchlaucht und dem Reklamebild einer Watercloset-Fabrik als Pendant prangte infolgedessen heute im Schmuck einer dicken Fichtenguirlande und eines ölfleckigen Transparents, dessen blutigrote Inschrift »Vivat der Landesvater!« auch dem Kurzsichtigsten erkenntlich war. Der eiserne Ofen strahlte eine ihm selbst höchst ungewohnte Wärme aus, denn für gewöhnlich wurde dieses Wartezimmer nicht geheizt – »weil doch kein Mensch hineingeht,« wie Herr Schnüffler zu sagen pflegte, während in Wahrheit niemand hineinging, weil eben das Zimmer nie geheizt ward. Die Wanduhr zeigte jetzt halb vier. Herr Schnüffler gab dem Hausknecht, der zugleich Oberkellner war, die letzten Instruktionen.

»Sowie der Zug einfährt, begiebst du dich hinter den Tisch, wo der Kübel mit den Flaschen steht. Der Draht ist entfernt, du hast also nur den letzten Bindfaden zu durchschneiden. In dem Moment, wo Se. Durchlaucht eintritt, brennst du den Schwärmer los und läßt die Pfropfen springen. Das heißt: sie werden ja nicht springen, das Luderzeug moussiert ja nicht mehr, aber 's soll doch so klingen – dazu ist eben der Schwärmer da. Und dann schenkst du schnell ein! Alle sechs Gläser auf dem Präsentierteller dort! Das übrige besorge ich. Wenn du deine Sache gut machst, sollst du fünfzig Pfennige haben. Also paß auf, Friedrich, hörst du?! Und jetzt steck' das Gas und die Transparentlichter an.«

»Keene Sorge nich, Herr Schnüffler! Wird allens bestens besorgt!« brummte Friedrich in seinem vergnügtesten Baß. Die Aussicht auf die fünfzig Pfennige und den Schaumwein, von dem sich wohl unter dem Tisch ein Schlückchen genehmigen ließ, wirkte sehr anregend auf ihn.

Bald darauf erstrahlte das Zimmer im Scheine der vier Gasflambeaus.

Herr Schnüffler sah auf die Wanduhr: es war jetzt dreiviertel. Er ging in den Wartesaal dritter Klasse hinüber, wo einige Bahnwärter das Tagesereignis bei einem Glas Bier besprachen, schraubte dort das Gaslicht niedriger, rückte am Büffet einige abseitsstehende, verdächtig aussehende Schinkensemmeln mehr in die Mitte, empfahl der Mamsell die Bereithaltung diverser Schnäpse, ließ sich endlich eine Dose Biskuits reichen und begab sich mit derselben wieder in das Wartezimmer zweiter Klasse zurück.

Hier überschaute er nochmals prüfend die Guirlande und das Transparent, das jetzt im Schein der Lichter erglühte, befühlte vorsichtig nochmals die Köpfe der drei dicken Sektflaschen, die verlockend in den Eisstücken des Kübels rasselten, und stärkte sich dann, als er alles in Ordnung befunden, mit einigen Biskuits, die er so geschickt der Dose entnahm, daß diese den Charakter der Unberührtheit nach wie vor bewahrte. Herr Schnüffler stellte die Dose auf den Präsentierteller zu den Gläsern, trat an eines der Fenster und lehnte sein von der Bewegung gerötetes Wirtsgesicht, welches das Prachtexemplar einer sogenannten »Kartoffelnase« zierte, zu angenehmer Kühlung gegen die feucht-kalte Scheibe.

Draußen wurden die Laternen angezündet. Der Lotteriekollekteur Kriecher, der niemals eine Ankunft Sr. Durchlaucht versäumte, der befrackte Herr Bürgermeister und der ordengeschmückte Bahnhofsinspektor gingen vorüber. Ein halbes Dutzend Realschüler, welche die Neugierde herbeigeführt haben mochte, wanderten den Perron auf und ab. Auch einige Passagiere für den kommenden Zug ließen sich bereits blicken. In fünf Minuten mußte dieser einfahren.

Herr Schnüffler fühlte eine gewisse Erregung. Wenn alles klappte! woran gar nicht zu zweifeln, so waren in der nächsten Viertelstunde drei Flaschen der verdammten Sorte, die niemand haben wollte und von der er nur bei außergewöhnlichen Festessen ab und zu 'mal eine Flasche hatte einschmuggeln können, für dreißig Mark an den Mann gebracht. Zehn Mark die Flasche »Romanée mousseux war der gewöhnliche Hotelpreis. Die Biskuits gab er billig, unter Umständen gratis: Herr Schnüffler war nicht unmenschlich. Es galt nur, Sr. Durchlaucht und deren durchlauchtigstem Gefolge durch das sofortige Öffnen aller drei Flaschen jedes Abwinken abzuschneiden. Unmöglich konnte ja dann die kleine Erfrischung zurückgewiesen werden. Wegen der Bezahlung brauchte man sich nur an den Hofmarschall zu wenden. In dieser Hinsicht war Herr Schnüffler beruhigt. Er kannte den Rummel von früheren Fällen her.

Das Transparent, das schon unter drei Landesvätern gedient, die Guirlande, – vom gestrigen Stiftungsfest der »Erholung« zurückgeblieben, – der Schwärmer, die Hinterlassenschaft eines durchgebrannten Hotelgastes und endlich das begeisterte Hoch, das der loyale Wirt auf Se. Durchlaucht auszubringen beabsichtigte, während er mit den gefüllten Gläsern allerhöchst demselben nahen wollte – alles dies so einfach und ohne die geringsten Kosten zu beschaffen, würde, das war er überzeugt, schon jene Feststimmung hervorrufen helfen, die eben für das Gelingen seines Projektes so wünschenswert war. Aber prompt mußte die Geschichte gehen, sonst fiel der ganze Plan ins Wasser! Nur eine Viertelstunde weilten Se. Durchlaucht in diesem Raume. Um vier Uhr zwanzig Minuten traf schon der Zug ein, der den hohen Gast wieder entführte.

Das Meldezeichen ertönte, die Bahnglocke läutete, im vorschriftsmäßigen Tempo fuhr der Zug ein.

»Friedrich!« mahnte Herr Schnüffler.

»Schon dabei!« brummte Friedrichs Bierbaß hinterm Tische her, wo auch zugleich ein Rumoren in dem Eiskübel hörbar wurde. Herr Schnüffler eilte auf den Perron.

Se. Durchlaucht, eine ältliche, etwas verlebte Gestalt in einem grauen Überzieher, entstiegen, gefolgt von vier schwarz befrackten Herren, vorsichtig dem Coupé, nahmen huldvoll die untertänigsten

Verbeugungen des Bürgermeisters und des Bahnhofsinspektors entgegen und geruhten dann, den Weg nach dem Wartesaal einzuschlagen, wobei vom Lotteriekollekteur Kriecher mit Hilfe von zwei Hausknechten, drei Bahnarbeitern und vier gerade zur Hand stehenden Tertianern der Versuch eines donnernden Hochs, aber ohne rechten Erfolg, gemacht wurde.

Während das fast auf zwanzig Mann angewachsene Publikum in ehrfurchtsvoller Entfernung Se. Durchlaucht und Gefolge bestaunte und der zum erstenmal hier anwesende Amtshauptmann dem Bürgermeister seine Freude über den loyalen Empfang aussprach, war der Hofmarschall, ein kleiner, dicker Herr, behend in den Flur vorangeeilt und hatte die Flügel der Wartesaalthüre weit geöffnet. Nach diesem Akt nahm er ehrerbietig Aufstellung, und nun traten Se. Durchlaucht, mit zehnschrittlicher Entfernung von allerhöchst ihrem Gefolge, näher und blieben, angenehm überrascht von der sichtbar werdenden Dekoration, auf der Schwelle stehen.

Es war dies der Moment, den Friedrich, der, von Sr. Durchlaucht unbemerkt, hinter dem Tisch kauerte, für den geeigneten hielt, den Schwärmer anzuzünden. Unglücklicherweise geschah dies mit solcher Geschicklichkeit, daß dieses pyrotechnische Produkt nach einigen Verpuffungen den Händen Friedrichs entglitt, mit Kreuz- und Quersprüngen nach der Thür zu hüpfte und, ehe noch die überraschte Durchlaucht über den Charakter des befremdlichen Gegenstandes ins Klare kommen konnte, unter allerhöchst ihre Beine fuhr und dort mit einem wahrhaft höllischen Geknatter explodierte.

Eine Scene grenzenloser Verwirrung folgte! Während Se. Durchlaucht, kreidebleich zurücktaumelnd, den dicken Hofmarschall umklammerten, dieser aber nebst den anderen Herren des Gefolges, dem Bürgermeister und dem Bahnhofsinspektor möglich schnell aus der Nähe des gefährlichen Lokals zu entkommen strebte, erschallten aus dem Zimmer die für fürstliche Ohren unerhörten Worte: »I, du Tölpel, du verfluchter!« denen drei weitere, aber schwächere Detonationen folgten – –

»Ein Attentat!« »Entsetzlich!« tönten die Schreckensrufe, während die Kavaliere, als sie sich erst in genügender Sicherheit glaubten, Se. Durchlaucht, die am Arme des Hofmarschalls hingen, umringten und mit ihren Leibern zu decken suchten. Nur der Amtshauptmann, eine robuste Figur, hatte den Mut und die Besonnenheit, den Bahnhofsinspektor an die Flurthüre zu postieren und dann selbst in das gefährliche Zimmer einzudringen, wobei er mit dem jäh daherstürmenden Herrn Schnüffler derart zusammenrannte, daß zwei von den sechs Kelchgläsern, die dieser auf dem Präsentierbrett schwenkte, umkippten und am Boden zerschellten.

Ungerührt dadurch rief der Amtshauptmann, Herrn Schnüffler am Arm fassend: »Wer sind Sie? Und wer hat hier geschossen!«

»Geschossen hat hier niemand nicht, Excellenz, und ich bin der Wirt,« versetzte dieser mit seinem süßsäuerlichsten Gastwirtslächeln, die Scherben mit dem Fuße beiseite stoßend. »Ich glaubte nur, da Se. Durchlaucht sicherlich sehr angegriffen von der Reise sein würde, daß eine kleine Erfrischung –«

»Was heißt das?! Hier ist Pulverdampf im Zimmer,« rief der Amtshauptmann. »Ich will wissen, was hier vorgegangen ist?!«

»Eine Eselei meines Hausknechts, Excellenz,« sprudelte Herr Schnüffler, der wie auf Nadeln stand. »Excellenz verzeihen, aber der Zug muß gleich einfahren. Es ist Sekt, der nicht zu lange –«

»Keinen Schritt, Herr, wenn ich Ihnen raten darf! Sie bleiben hier – Sie sind mein Arrestant!«

»Aber Excellenz,« brach Herr Schnüffler los, der den schönen Plan in nichts zerfließen sah, »ich sage Ihnen ja: der Ochse hat den Schwärmer nicht festgehalten. Er hat seine Ohrfeigen weg. Aber mich trifft doch keine Schuld! Ich bin der Wirt, seit dreißig Jahren hier – Sie können den Inspektor da draußen fragen –«

»Welchen Inspektor?« frug der Amtshauptmann mißtrauisch.

»Na den Bahnhofsinspektor, wir haben ja bloß den einen,« versetzte Herr Schnüffler pikiert. »Da draußen der Herr da mit dem großen Schellengeläute.«

»Mit was?!« frug der Amtshauptmann, als könne er seinen Ohren nicht trauen.

»Na, mit der ganzen Waschleine voll Klimbim, der dicke Herr da,« rief Herr Schnüffler ungeduldig. »Aber jetzt lassen mich Excellenz hinaus – da läutet's schon – weiß Gott, da kommt der Zug bereits –«

»Sie bleiben hier, Herr!« donnerte der Amtshauptmann, Herrn Schnüffler fester fassend. »Sie sind ein höchst verdächtiges Subjekt. Wenn ich das noch nicht gewußt hätte, so würden mir's Ihre gemeinen Redensarten verraten haben. Schellengeläute! Waschleine! Herr, sind Sie von Sinnen, solche Ausdrücke sozusagen in Gegenwart Sr. Durchlaucht zu gebrauchen! Ihren Namen will ich wissen, Herr, wie heißen Sie?«

»Ich heiße Schnüffler,« schrie Herr Schnüffler außer sich und sich vom Griffe des Amtshauptmanns losreißend. »Herr Inspektor, Sie bezeugen mir das. Es ist ja zu lächerlich; ich bin bekannt dahier wie ein bunter Hund – und nun muß mir das passieren! Mein Sekt ist hin, zwei Gläser kaput, drei Flaschen umsonst aufgemacht! Und alles das, weil ich Sr. Durchlaucht eine kleine Erfrischung verschaffen wollte. Es ist ja zu verrückt – der Teufel soll sich das gefallen lassen!«

Der Amtshauptmann hatte indessen mit dem Bahnhofsinspektor einige Worte gewechselt und wandte sich nun wieder zu Herrn Schnüffler, der wie ein wildes Tier hin und her wanderte, dem der Weg zur Freiheit verlegt ist.

»Sie haben ein höchst unpassendes Benehmen gezeigt. Den Aussagen dieses Herrn allein haben Sie es zu verdanken, wenn ich Sr. Durchlaucht die Geschichte mit dem Schwärmer möglichst mild darstellen werde. Da steigen Se. Durchlaucht bereits ein – es ist die höchste Zeit, adieu, Herr Inspektor!«

»So ein – na, ich will weiter nichts sagen,« lachte Herr Schnüffler giftig, eins der ganzgebliebenen Gläser ausschlürfend. »So was ist mir noch nicht vorgekommen! Friedrich! Friedrich!«

»Sie wünschen, Herr Schnüffler?« ertönte der Baß Friedrichs vom Buffett her, wo er Gläser abspülte.

»Ich wünsche dir fünfundzwanzig hinten drauf! Komme mal hierher. Du bist das größte Rindvieh, das mir je vorgekommen ist! Du dummes, einfältiges Schafsgesicht! Erst läßt du eine Flasche halb auslaufen und wie ich dazu komme, schmeißt du dem Fürsten den Schwärmer an den Kopf –«

»An de *Beene*, Herr Schnüffler! An de *Beene!* Allens, was recht is. Und das nur, weil das Luder mir de Hand verbrannte –«

»An de Beene – meinswegen!« schrie Herr Schnüffler wütend. »Aber du Esel solltest ihn festhalten!«

»Den Ferschten?« frug Friedrich höchst erstaunt.

»Den *Schwärmer*, du Ochse! Aber ich weiß schon, du hast dich wieder mal kanonenvoll gesoffen!«

»Nich de Ahnung!« beteuerte Friedrich. »Weeß Gott, kee Atom nich!«

»Ach, was weißt du Schafskopp von Atomen! Bekümmere dich lieber um deine Angelegenheiten. Was stehst du noch hier?! Mach', daß du fortkommst! An die Arbeit – marsch!!«

»Na, na, ich gehe ja schon,« brummte Friedrich, langsam abziehend. Draußen auf dem Flur blieb er stehen. Über sein verfinstertes Gesicht zog ein höchst vergnügtes Grinsen. »Mit den fufz'g Pfenn'gen war's nischt! Aber der ›Bortmonneh-Moßjeh‹ – hehehehe – is ooch was wert!«

Ein Pechvogel.

Der Dichter Julius Maibutter war glücklicher Bräutigam und Jettchen, sein Jettchen, sollte am 7. Juli ihr achtzehntes Jahr antreten. Deshalb begann Herr Maibutter in den ersten Tagen dieses Monats ein Gedicht zu verfassen, das er ihr mit einem Blumenkörbchen am Geburtstagsmorgen zu überreichen gedachte. Die Tage waren sonnigwarm, und so gestalteten sich ganz wie von selbst die folgenden Strophen:

Zum 7. Juli.

Siebzehn volle Jahre schlägt
Nun dein Herz am heut'gen Tage –
Just so viel wie Blüten trägt
Dies Geschenk der Julitage.

Nicht umsonst zur Rosenzeit
Trat'st du, Liebliche ins Leben:
Seine schöne Heiterkeit
Hat der *Juli* dir gegeben!

Dein Gemüt – es blieb fürwahr
Allezeit, in jeder Lage,
So beständig, treu und klar
Wie der Himmel dieser Tage!

Diese schönen Verse sagte sich der Dichter wohl stündlich dreimal laut vor, und kein Mensch, der die Schwierigkeit des Dichtens kennt, wird ihm die Freude an der wohlgelungenen Ausführung verübeln. Denn gelungen war sie. Auf die erste und letzte Strophe durfte er geradezu stolz sein. Eine wunde Stelle bildete nur die Mittelstrophe. Jettchen war nämlich eigentlich nicht heiter, ja sogar ziemlich still und nachdenklich oder »thranig«, wie ihr Papa es etwas roh ausdrückte, und besonders die Gedichte ihres Bräutigams pflegte sie mit heiligem Ernst anzuhören, der allerdings in sehr angenehmem Gegensatz zu ihres Papas sarkastischer Heiterkeit stand, mit welcher dieser die Schöpfungen seines Schwiegersohnes aufzunehmen sich erlaubte. Freilich sprach dieser Schwiegervater nicht einmal orthographisch richtig und konnte also bei Beurteilung von dichterischen Erzeugnissen nicht in Betracht kommen.

Wenn aber somit die Heiterkeit der Geliebten nur eine illusorische war, so bildeten die vier Verszeilen doch einen zu schönen Übergang zu der sinnigen Schlußstrophe, als daß der Dichter sich hätte entschließen können, sie aufzugeben. *Eine* poetische Licenz mußte ja auch erlaubt sein!

Als der Abend des 6. Juli gekommen war, begab sich der Dichter zum tauben Gottlieb, dem einzigen Kunstgärtner des Orts, und bestellte ein Körbchen mit *siebzehn* Rosen, das ihm am 7. Juli früh punkt 6 Uhr an den Bahnhof gebracht werden solle. Um diese Stunde ging nämlich der Zug nach der nahen Residenz, wo Jettchen wohnte.

»Wird'n großer Korb werden,« brummte Gottlieb nachdenklich, dem Herrn Maibutter den Auftrag ins Ohr schrie, während er ihm durch eine kühne Armbewegung die Form des Korbes klar zu machen suchte.

»Dann machen Sie ihn groß. Aber recht geschmackvoll, Herr Gottlieb!«

»Na – Sie sollen Ihre Freude haben!«

Schon um halb 9 Uhr abends legte sich der Dichter zu Bett, um nur ja rechtzeitig aufzuwachen. Seine Gedanken vor dem Einschlafen waren die denkbar glücklichsten. In der Brusttasche seines Frackes stak das schöne Gedicht, das – dies war er überzeugt – eine mächtige Wirkung machen und auch dem Schwiegerpapa Respekt vor ihm einflößen würde. Sein Hauptgeschenk, ein kostbares Necessaire, das eine Melodie spielte, sobald man es aufklappte, ging Jettchen von der Fabrik, die diese Kunstwerke lieferte, direkt zu. Er selbst hatte aus der alphabetischen Liste der Musikstücke die sinnige Nr. 19: »Du bist wie eine Blume« gewählt und der Fabrik ausdrücklich prompte Absendung eingeschärft. Wenn nun noch Gottlieb, wie zu erwarten stand, den Blumenkorb geschmackvoll gestaltete und rechtzeitig ablieferte, so war alles in schönster Ordnung und der morgige Tag mußte zu einem wahren Triumph für ihn werden.

Herr Maibutter war im Ausmalen dieses Triumphes selig lächelnd eingeschlafen. Die Nacht gestaltete sich aber etwas unruhig für ihn. Nachdem er dreimal geträumt, den Zug versäumt zu haben, viermal Licht gemacht, um nach der Uhr zu sehen, erwachte er ein fünftes Mal bei hellem Tagesschein. Erschreckt sprang er aus dem Bett: Gott Lob! Die Uhr zeigte erst zehn Minuten nach fünf. Sein zweiter Blick galt dem Wetter. Heiliger Gott – es regnete in Strömen! Soweit man sehen konnte, war der Himmel eine einzige graue Fläche. Himmelkreuzmillionendonnerwetter!! Der Dichter warf einen Stiefel gegen die Diele, daß es knallte, fuhr in die Beinkleider, daß der Vorstoß unten zerriß, und kleidete sich in fiebernder Hast an. Dann, ohne sich erst Zeit zu nehmen, Kaffee zu machen, eilte er die Treppen hinunter ins Freie. Vom Himmel goß es wie mit Mulden. Fluchend, sein Pech verwünschend und den Schirm gegen die Wolkengüsse balancierend, jagte Maibutter dem Bahnhof zu. Es war acht Minuten vor sechs, als er diesen erreichte. Gottlieb war noch nicht da. Der Regen rauschte in unverminderter Heftigkeit. Es war zum Teufelholen! Sein Gedicht war futsch! Die letzte Strophe wenigstens, sein Stolz, konnte jetzt unmöglich mehr Verwendung finden. Und am Ende kam auch dieser vermaledeite Gottlieb nicht! Was sollte dann werden? Ohne Blumenkorb war ja auch die erste Strophe seines Gedichts unmöglich – Himmelkreuzdonnerwetter! Das Signal ertönte, der Zug fuhr ein. Maibutter rannte wie ein Rasender von einem Ende des Perrons zum andern – dieser verdammte Kerl ließ ihn wahrhaftig im Stich! Da – an der Ecke dort – endlich – tauchte eine Gestalt auf mit einem Ding, das ein Blumenkorb sein konnte – ja, er war es, Gottlieb der Ersehnte – der erregte Dichter stürzte ihm entgegen und entriß ihm das Kunstprodukt. Aber er fuhr zurück, wie von der Tarantel gestochen.

»Mensch! Was soll das – das sind ja wenigstens *hundert* Rosen!«

Gottlieb schmunzelte übers ganze Gesicht.

»Nee, Herr Maibutter, nur *siebz'g*, wie Sie bestellt haben, nicht 'ne eenz'ge mehr.«

»*Siebzig?!!* Sie sind wohl verrückt! Glauben Sie, daß ich mit einer Großmutter verlobt bin!«

»Fertig!« brüllte der Schaffner – Maibutter flog ins Coupé – die Pfeife schrillte – betäubt sank der Dichter auf einen Sitz. Den Rie-

senkorb in der Rechten, fuhr er ohne rechts und links zu sehen an
dem verdutzten Gottlieb vorüber der Residenz zu.

Sein Gedicht war vollständig dahin. Umsonst all' die Mühe – die
sinnigen Pointen für die Katze! Ein neues anzufertigen blieben ihm
gerade 25 Minuten Zeit. Aber sein Dichterruhm stand auf dem
Spiel. Mit hämmernden Schläfen ging es ans Werk und siehe da –
die Muse zeigte sich gnädig. Kurz vor der Ankunft in der Residenz
stand in dem Taschenbuche des Dichters ein neues Gedicht.

> Siebzig Rosen bring' ich heut,
> Mag der Himmel so viel Jahre«

fing es an und endigte mit dem Wunsche, daß derselbe Himmel
allen Kummer Jettchens wegwaschen solle:

> »Gleich dem Regen dieser Tage!«

Das Gedicht war nicht schlecht, aber gegen das andere freilich
konnte es nicht gerechnet werden. Zum Abschreiben fehlte die Zeit,
man mußte sich mit Vorlesen begnügen. Doch was war das? Sollte
ihm das Glück doch noch lächeln? Der Himmel wurde heller, es
tröpfelte nur noch leise! Der Zug hielt. Die Sonne brach aus den
Wolken! Vielleicht wurde noch alles gut. Vielleicht ließ sich doch
noch das erste Gedicht verwenden! Mit erneuter Hoffnung in der
Brust eilte der Dichter mit seinem Blumenkörbchen, dem Schiller-
schen Frühling gleich, auf geflügelten Sohlen dem Hause der Geliebten zu.

Als er indessen dasselbe erreicht hatte, war die Sonne aufs neue
hinter finsterem Gewölk verschwunden. Auf sein Klingeln erschienen Jettchen und ihre Mutter, aber sonderbar verstört, keineswegs
freudig, wie er sie sich vorgestellt hatte. Jettchen zeigte verweinte
Augen und auch die Mutter machte ein merkwürdig ernstes Gesicht. Nur der Schwiegerpapa lächelte sein gewöhnliches malitiöses
Lächeln.

»Ist etwas Trauriges passiert?« fragte Herr Maibutter beklommen.

»Julius,« schluchzte Jettchen, »wie konntest du mir so etwas schenken –«

»Mein Gott,« sagte Maibutter höchst betroffen, »das Necessaire – gefällt es dir nicht –«

Der Alte faßte ihn an einem Rockknopf und lachte auf eine ganz greuliche Weise.

»Sie oller Vokativus, Sie! – Übrigens: *mich* jefällt die Melodie, nur die Frauens nich!«

Jettchen schluchzte, die Mutter blickte vorwurfsvoll. Maibutter sah unendlich erstaunt aus.

»Aber, es ist ja das berühmte Lied: Du bist –«

»Ja, berühmt is es,« lachte der Alte, »besonders bei die Gassenjungs! Un wie jesagt, mich macht es Spaß.« Und damit drückte er auf den Mechanismus: Ding – ding – dering ding ding –

Entsetzlich! – das war ja: Du bist verrückt mein Kind – »Aber das ist ja nicht möglich!« rief Maibutter verzweifelt. »Jettchen, Mama, lieber Schwiegerpapa, hier ist die Liste, hier überzeugt euch, hier steht es, dies habe ich gewählt: Nr. 19 »Du bist wie eine Blume –«

»Ja, es ist richtig,« schluchzte Jettchen, »sie haben 18 geschickt, es ist die Nummer vorher – – aber wenn du es nur nicht beabsichtigt hast –«

»Aber wie kannst du, wie konntet ihr denken,« stammelte Maibutter. »Natürlich ist es ein Versehen von der Fabrik, ein höchst unangenehmes Versehen, aber doch nur ein Versehen, und ich werde noch heute den Umtausch veranlassen,« und Maibutter rannte aufgeregt im Zimmer umher. Himmel! Daß auch das noch passieren mußte! Jetzt gab's nur ein Mittel, den schlechten Eindruck dieser infamen Verwechslung wieder zu verwischen: er mußte sein *erstes*, schönes, inniges Gedicht vortragen. Die Poesie dieser Strophen konnte ihm die Gunst Jettchens und ihrer Mutter wieder voll zurückgewinnen. Ja wohl, er war entschlossen, trotz allen Regengüssen, die ja doch nur Zufälligkeiten waren. Und – Gott sei Lob und Dank! – als wollte das Schicksal ihm Ersatz gewähren für all' die Unbilden des heutigen Tages: in diesem Moment brach die Sonne aus dem Wolkenflor und erfüllte das ganze Gemach mit hellem Schein.

»Jettchen, liebe Eltern,« rief der begeisterte Dichter, »was wollen wir uns durch ein Versehen den schönen Tag verderben lassen! Und wie schön sind die Tage im Juli!« fuhr er zu dem Schwiegerpapa gewendet fort – denn es galt jetzt Stimmung für seine Verse zu machen. »Es sind doch eigentlich die beständigsten im ganzen Jahr.«

»Ja, wenn man von die Unbeständigkeit absieht,« lachte der Schwiegerpapa.

»Und aus dieser Stimmung heraus,« fuhr der Dichter etwas hastig fort – denn wie leicht konnte das Wetter wieder umschlagen! – »habe ich dir, liebes Jettchen, heute früh – nur ganz flüchtig – einige Verse aufs Papier geworfen,« und damit rannte er auf den Vorsaal hinaus, wo er infolge des seltsamen Empfangs den Korb deponiert hatte, und erschien gleich darauf, das Riesengewächs in der Linken schwenkend, wieder. Mit einer graziösen Wendung überreichte er es Jettchen, und während Mutter und Tochter ein bewunderndes »Ah!« ausstießen und der Alte sich mit grimmigem Behagen im Stuhl zurechtsetzte, entfaltete er seinen Zettel und begann mit Pathos:

»Zum 7. Juli.

> Siebzehn volle Jahre schlägt
> Nun dein Herz am heut'gen Tage –
> Just so viel –«

hier stockte er, »das heißt: *dies* stimmt nicht ganz, der Gärtner hat einige Rosen mehr genommen, also.

> Just so viel wie Blüten trägt
> Dies Geschenk der Julitage –«

»Mir soll doch wundern, ob det nich *ville* mehr sind,« schaltete der Schwiegerpapa ein.

Aber der Dichter achtete nicht darauf. Seine Blicke waren angstvoll auf den Himmel gerichtet, der sich längst wieder umzogen hatte. Wie im Fieber las er weiter:

> »Nicht umsonst zur Rosenzeit
> Tratst du, Liebliche, ins Leben,
> Seine schöne Heiterkeit
> Hat der Juli dir gegeben.«

»Heiterkeit?« knurrte der Alte. »Is mich nich bekannt an dies Wurm –«

Es war finster geworden im Zimmer. Ein Regenschauer prasselte gegen die Scheiben – wie geistesabwesend fuhr der Dichter fort:

»Dein Gemüt – es blieb fürwahr
Allezeit, in jeder Lage,
So beständig, treu und klar
Wie – der Himmel – dieser – mancher Tage –«

Die Fenster erzitterten unter einem wütenden Anprall des Gewitterregens.

»Hahaha! Hahaha!« brach der Schwiegervater los und wand sich vor Lachen in seinem Lehnstuhl. »Hahaha! Nee, so wat jeht noch über'n Schloßturm.«

Maibutter stand bleich und zitternd, sich den Schweiß von der Stirne wischend. Jettchen schluchzte laut:

»Solch eine Bosheit – hätte ich dir nie – nie zugetraut –«

»Hahaha! Hahaha!« lachte der Schwiegervater, »nee, so 'n Dichter!«

»Herr Julius,« begann die Schwiegermutter pikiert, »wollen Sie uns erklären, was das bedeuten soll?«

Maibutter befand sich in der kläglichsten Verfassung.

»Ich habe – ich bin –« stammelte er, »eine Verwechslung, ich wollte das andere – früh war es schön – das heißt, nein, im Gegenteil – o Gott, ich glaube, ich bin ganz konfus –«

»Hahaha! Hahaha!« lachte der Schwiegerpapa, dem die hellen Thränen von den Backen liefen. »Na Kinder, mit die Dichtkunst wären wir fertig. Nu wollen wir wat Vernünftiges genießen. Jebt euch en Kuß, Kinder, und kommt zu's Frühstück! Maibutter hat et jut jemeint – Dichter sind nu mal alle en bisken verrückt. Un janz besonders – *dieser Tage!* Hahaha! Nee, det Ding hat mich Spaß jemacht. Kommen Sie, Sie oller Dichter. Un det Necessaire behalten Sie man für sich. Ick werde menem Wurm das ›mit die Blume‹ kaufen. So – nu wären wir so weit: nun woll'n wir det Jeburtstagskind leben lassen.«

Der »böse« Pfennig.

Der Kassierer Herr Theobald Mückebein war leidenschaftlicher Münzsammler. Er war es seit seinem zwölften Jahr und stand jetzt im dreiundvierzigsten. Die Liebe zu alten Münzen hatte alle anderen Neigungen in ihm aufgezehrt und so war Herr Mückebein Junggeselle geblieben. Als solcher hauste er im dritten Stock eines düsteren Gebäudes der Altstadt, auf einem Flur, auf dem es beständig nach Benzin roch, mit welcher Flüssigkeit Herr Mückebein die neuerworbenen Stücke seiner Sammlung zu reinigen pflegte. Allabendlich konnte man ihn hier vor seinem Heiligtum, einem Schrank mit unzähligen Schubfächern, die wiederum in viele Unterabteilungen gegliedert waren, bis tief in die Nacht hinein wirtschaften sehen, wie er Münzen polierte, mit der Lupe betrachtete und registrierte, Zettel schrieb, in den Münzwerken nachschlug und liebevoll die einzelnen Fächer herauszog und Musterung passieren ließ. Herr Mückebein sammelte ausschließlich Kupfermünzen. Bei seinen beschränkten Mitteln hatte er diese Begrenzung seines Sammeleifers zunächst notgedrungen vorgenommen, bald aber eine schöne Gleichgültigkeit gegen alle Nichtkupfermünzen erlangt, die einen demonstrativen Charakter erhielt, ja sich zum Haß steigerte jener weitverzweigten Sekte winziger Groschen und Sechser gegenüber, welche vergangene Jahrhunderte für Silber auszugeben sich nicht entblödeten, die aber kaum eine Spur jenes Edelmetalls enthalten und durch ihr abgescheuertes, rötliches Aussehen den Kupfermünzsammler oft zu Hoffnungen veranlassen, die bei intimerer Bekanntschaft leider nicht stand halten. Gegen diese flüchtig in Silber gesottenen Elaborate der Kipper- und Wipperzeit führte Herr Mückebein einen nimmer endenden Krieg und wachte ängstlich darüber, daß keins in seine Sammlung dringe und deren Reinheit gefährde.

Herr Mückebein galt für einen fleißigen, gewissenhaften Kassierer; er besaß das Vertrauen seiner Chefs in hohem Maße und diese drückten gern ein Auge darüber zu, daß er beim Einkassieren von Geldern mit einer über die Gewissenhaftigkeit hinausgehenden Sorgfalt jedes Stück einzeln prüfte und eine unbequeme Vorliebe für niedrige Münzsorten an den Tag legte, ja ländliche Kunden gar wohl animierte, ihre Zahlungen in Dreier- und Pfennigrollen zu entrichten, denn Herrn Mückebeins Geschäftstätigkeit fiel in eine Epoche, die noch nicht die, allen Münzverkehr nivellierende Markrechnung kannte, in der es vielmehr von 4-, 3-, 2- und 1-Pfennigstücken und Kreuzern aller 36 deutschen Länder wimmelte, wo selbst ausländisches Courant, ja völlig unkenntlich gewordene, glattgeschliffene Kupferplättchen kursierten und es fast zur Unmöglichkeit geworden war, zwei Pfennige derselben Sorte, geschweige denn des gleichen Jahrganges, auf einmal zu erhalten. Diese für einen Münzsammler höchst beseligenden Zustände nützte denn auch Mückebein nach Möglichkeit aus. Vom Bäckerjungen angefangen, der ihm früh die Semmeln brachte, bis zum Oberkellner im »Blauen Roß«, welcher ihm abends 8 Uhr sein Stammseidel herbeitrug, mußten ihm alle, die ihr Geschick im Laufe des Tages in seinen Weg führte, Rede stehen, ob sie etwa im Besitze »falscher« Pfennige seien, die er ihnen liberal zum Tageskurs der echten abnahm. Er war der Schrecken der Briefträger, die er ungebührlich lange aufhielt, dagegen hochbeliebt bei den Obstweibern, denen er häufig die ganze Barschaft an »bösen« Dreiern umwechselte. Alle Ladendiener der Nachbarschaft sammelten in seinem Auftrag und an Sonn- und Festtagen unternahm er fast regelmäßig Ausflüge in benachbarte Kirchspiele, wo er die Klingelbeutelerträgnisse der Küster revidierte, großmütig immer den *gesamten* Vorrat falscher Münzen erwerbend, ja sogar Knöpfe mit in den Kauf nehmend, um so ohne Aufheben und immer noch sehr billig in den Besitz mancher darunter befindlicher seltener Stücke zu gelangen. In kleinen Landstädtchen verfehlte er nie, in den Kaufläden vorzusprechen und beim Einkauf einiger Cigarren seine Mißbilligung über das auf den Ladentisch Nageln der falschen Münzsorten zu äußern und nebenbei durchblicken zu lassen, daß er dergleichen Falsifikate, undurchlöchert, gern zu civilen Preisen abzunehmen bereit sei.

So, ohne viel Geld ausgegeben und je einen Antiquar in Nahrung gesetzt zu haben, hatte er es im Laufe der Jahre zu einer Sammlung von 14–15000 Stück Kupfermünzen gebracht, die durch ein wohlerhaltenes oder seltenes Exemplar zu vermehren, seine höchste Lust und Lebensaufgabe geworden war.

Da machte er eines Abends im »Blauen Roß« die Bekanntschaft eines alten Herrn, der im Verlaufe des Gesprächs der interessanten Thatsache Erwähnung that, daß er im Besitze einer größeren Anzahl alter Münzen sei, daß ihm indessen alles und jedes Verständnis dafür abgehe. Es hatte der letzteren Bemerkung gerade noch bedurft, um Herrn Mückebeins höchstes Interesse hervorzurufen. Auf seine mit künstlichem Gleichmut vorgetragene Frage, ob er – als Liebhaber von dergleichen – die Münzen einmal betrachten dürfe, erfolgte eine sehr zuvorkommende Einladung seitens des alten Herrn, der sich nunmehr als ein Dr. Schnitzler vorstellte und seine Adresse übergab.

Einigermaßen erregt kam an diesem Abende Herr Mückebein nach Hause und träumte die Nacht von unerhört seltenen Exemplaren, von Unika, die noch in keinem Werke beschrieben, von Notmünzen fabelhaftesten Formates und anderen derartigen Delicen für ein Sammlergemüt.

Des anderen Abends punkt 7 Uhr verließ er das Comptoir und stieg die vier Treppen des Hauses hinan, das Dr. Schnitzler bewohnte.

Ein weibliches Wesen von kleiner, etwas verwachsener Gestalt, im Alter von vielleicht 40 Jahren, öffnete auf sein Klingeln und lud, auf seine höfliche Frage, freundlich ein, näher zu treten. Herr Dr. Schnitzler im Schlafrock, die dampfende Pfeife in der Hand, erhob sich bei seinem Eintritt aus einem Lehnsessel und kam ihm mit ausgestreckter Hand entgegen. »Mein werter Herr Mückebein, seien Sie mir bestens willkommen! Zunächst muß ich Sie mit meiner Tochter bekannt machen, denn sie ist die eigentliche Besitzerin des alten Münzkrams – und diesem gilt doch wohl Ihr Besuch?« Herr Mückebein verbeugte sich vor dem Alten und dem ältlichen Wesen, das dieser als seine Tochter bezeichnet. »Nun nehmen Sie sich einen Stuhl, meine Lene holt den Schatz.« Herr Dr. Schnitzler nötigte Herrn Mückebein vor einem massiven Tisch niederzusitzen und setzte sich selbst ihm gegenüber, während das Fräulein aus dem Zimmer enteilte, um gleich darauf mit einer anscheinend recht schweren Holzkasette zurückzukehren, die sie dem hochgespannten Mückebein dicht unter die Nase stellte. Sie schlug den Deckel zurück: ein wildes Durcheinander von Silber- und Kupfermünzen ward sichtbar. »Das ist alles. Ob es einigen Wert hat, werden *Sie* uns sagen können. Wir verstehen beide nichts davon.«

Mückebein war aufgesprungen. Wie Sturmvögel stießen seine Blicke in den Kasten. »Wenn Sie gestatten, nehme ich Stück für Stück heraus und lege sie reihenweis auf den Tisch. Auf diese Weise läßt sich die Sammlung am besten übersehen.« – »Machen Sie es ganz, wie es Ihnen am bequemsten dünkt,« versetzte Fräulein Schnitzler in einem Tone von Gleichmut, der Herrn Mückebein wie Musik im Ohre klang. Auch der Alte nickte in vollstem Einverständnis und sah dann voll Neugierde auf den Sammler, der mit nervöser Hast eine Münze nach der andern dem Kasten entnahm und meist nach kurzem Blick beiseite legte. In der That befanden sich, wie es bei derartigen Laiensammlungen der Fall zu sein pflegt, viele gewöhnliche Stücke darunter, kaum drei oder vier, die Herrn Mückebein veranlaßten, sie eingehender zu betrachten und – der Kasten war beinahe geleert – noch keins, das dem Sammler die Röte freudiger Erregung ins Gesicht getrieben hätte. Da plötzlich blieb sein Auge an einer etwa markstückgroßen Kupfermünze haften, die eine sonderbar ringförmige Figur mit einer Krone darüber auf dem Avers zeigte. Herrn Mückebein zitterte die Hand, er wandte die Münze um, warf einen scharfen Blick auf die Umschrift des Reverses und – die Luft blieb ihm weg – sein Herz setzte für einen Moment mit Schlagen aus: das, was er hier in der Hand hielt, war ein *wunderbar erhaltenes Exemplar eines Pfennigs der Stadt Alen* – eine der größten Münzseltenheiten, die es gab, welche weder das königliche Kabinett noch sonst eine der ihm bekannten Privatsammlungen besaß und die er in Wirklichkeit überhaupt noch nie gesehen, sondern nur aus Abbildungen älterer Werke kannte, auf deren Erwerbung je zu hoffen ihm auch in seinen kühnsten Träumen nie beigekommen war und die nun in tadellosester Reinheit und Schärfe der Prägung vor ihm lag!

Diese Ideenreihe war es, welche Herrn Mückebeins Gehirn blitzschnell durchschoß und seine Kopffarbe um einige Nüancen dunkler als sonst gestaltete. Aber eben so schnell kam die Überlegung: nichts davon merken lassen! Denn man hatte Beispiele, daß solche Laien, wenn man ihnen eines ihrer Stücke auch nur mäßig lobte, höchst widerhaarig den Verkauf desselben mit einmal zurückwiesen, während sie vorher geneigt gewesen waren, die ganze Sammlung für ein Billiges hinzugeben. Und nur die Vorstellung einer derartigen Weigerung war es, welche Herrn Mückebein mit Furcht erfüllte. Im übrigen stand sein Entschluß fest, jeden erdenklichen Preis für die herrliche Münze zu zahlen. Mit äußerster Überwindung, aber nicht ohne merkliches Handzittern legte also Herr Mückebein das kostbare Stück zu den übrigen, ab und zu einen ängstlichen Blick ausschickend, ob es noch an der angewiesenen Stelle sei.

Unter dem Rest fand sich nichts weiter von Interesse vor und während er die nun sämtlich in Reihen geordneten Münzen anscheinend nochmals Musterung passieren ließ, durchdachte er seinen Plan. Das Beste schien, wie immer, die ganze Sammlung zu erwerben. Man konnte etwas über den Metallwert bieten – Herr Mückebein begann sogleich einen Überschlag zu machen – so kam wohl immerhin ein hübsches Sümmchen zusammen und das gefährliche Eingehen auf einzelne Münzen ward vermieden.

Aber dieser verständige und scheinbar höchst aussichtsvolle Plan, den Herrn Mückebein durch sein leidenschaftslos vorgetragenes Gutachten: die Sammlung enthalte zwar ganz nette, aber keineswegs ungewöhnliche Stücke, unterstützte, scheiterte gänzlich. Fräulein Schnitzler erklärte nämlich höflich aber entschieden, daß die Sammlung, als ein Erbstück einer jüngst verstorbenen lieben Verwandten, ihr durchaus nicht feil sei; wogegen die Besichtigung derselben Herrn Mückebein, sofern dieser daran Interesse nähme, jederzeit freistehen solle.

Herrn Mückebein krampfte sich das Herz zusammen. So nahe war ihm das unerhörte Glück und nun entschwand es wieder! In heiseren Töne entrang sich seiner Kehle die Frage, ob das Fräulein nicht wenigstens einzelne Stücke, die ihn als Spezialist interessierten, abzugeben sich entschließen könne? Fräulein Schnitzler lächelte ihr süßestes Lächeln, als sie entgegnete, daß es ihr unendlich leid thue, auch diesen Wunsch nicht erfüllen zu können, indem es ihr als eine Pietätlosigkeit sondergleichen erscheinen würde, das teure Andenken der Tante – und wenn es sich auch nur um wenige wertlose Pfennige handle – zu zerstücken.

Herr Mückebein machte noch einen Versuch: er bot dem Fräulein gegen Überlassung von drei Kupfermünzen, die er bezeichnete (das wunderbare Stück *allein* anzuführen wagte er nicht) die dreifache Anzahl aus seinen interessantesten Doubletten an. Aber vergeblich! Fräulein Schnitzler blieb bei aller Höflichkeit fest und er war schließlich genötigt, sich zu empfehlen, gemartert von dem Gedanken, den herrlichen Pfennig zurücklassen zu müssen, aber fest entschlossen, ihn, es koste was es wolle, den Laienhänden zu entreißen und als Krone und Zier seiner eigenen Sammlung einzuverleiben.

In den nächsten Tagen ging Herr Mückebein etwas traumhaft umher, er vernachlässigte auffallend seine Münzbeziehungen zu den Obstweibern und Ladenbesitzern und überließ sogar im Geschäft die Annahme mehrerer Zahlungen einem Kommis, was nach Aussage der ältesten Comptoirmitglieder noch niemals vorgekommen war. In seiner Behausung beschäftigte er sich ausschließlich damit, die kurzen, aber bedeutungsvollen Angaben über die Münzsorten der westfälischen Stadt Alen nachzulesen, obwohl er sie längst auswendig wußte. Daneben ward er nicht müde, immer und immer wieder aus dem Gedächtnis Avers und Revers des verhängnisvollen Pfennigs nachzuzeichnen, den er an Ort und Stelle natürlich nicht aufzunehmen wagte und dessen ungeheure Bedeutung ihm immer klarer geworden, seitdem er durch Vergleichung mit jenen beschriebenen Stücken ersehen, daß jenes Exemplar noch gar nicht bekannt, unzweifelhaft ein Probestempel, höchst wahrscheinlich ein Unikum sei.

Ins Haus des Herrn Dr. Schnitzler war er seitdem Abend um Abend gekommen. Mit rührender Unermüdlichkeit hatte er die vielen wertlosen Stücke der Sammlung wieder und wieder vorgeholt und reihenweis geordnet, nur um unbemerkt an jenem einzigen Stücke sich weiden zu können, dessentwegen er übrigens noch ganz andere Unannehmlichkeiten ertragen haben würde. Das Fräulein, das er durch allerhand Aufmerksamkeiten: Blumensträußchen, Pralineeschächtelchen u. dergl. in ihrem Entschluß milder zu stimmen versucht, sowie der Alte, den er durch unermüdliche Annahme von Schachpartien längst für sich eingenommen, begegneten ihm aufs Freundlichste. Sie hörten mit Aufmerksamkeit oder doch mit Geduld seine oft umständlichen Erörterungen numismatischer Fakta an, verstiegen sich sogar dazu, ihn in seiner Wohnung zu besuchen und seine Sammlung zu besichtigen; ja er konnte aus manchen Äußerungen von Vater und Tochter schließen, daß man ihn längst zu den intimen Freunden des Hauses rechnete und es störend und schmerzlich empfand, wenn er einmal abends zu kommen verhindert war.

Nur in dem einen, wichtigsten Punkte blieb, zum ungeheuren Leidwesen des Sammlers, Familie Schnitzler widerborstig und unerweichlich, und das Einzige, was Herr Mückebein in dieser Hinsicht erreichte, war das Versprechen Fräulein Helenes: die Sammlung niemals ohne sein Vorwissen verkaufen zu wollen. Ein jämmerlicher Trost! Herr Mückebein litt sichtlich unter der grausamen Laune Fortunens, die einen Augenblick in all' ihrer verführerischen Schöne ihm genaht, um dann für immer höhnend zu entschwinden. –

Da, in einer schlaflosen Nacht, wo er zum hundert und tausendstenmal das Bild des ersehnten Pfennigs vor seinem inneren Auge erstehen ließ: den gekrönten, einer Schlange gleich sich ringelnden Aal und die altertümliche »Eins« des Reverses mit der Umschrift: Pfenning Alener Stadt-Munz 1598 – durchzuckte ihn blitzgleich der Gedanke: »Wie, wenn du Fräulein Schnitzler heiratetest?!«

Waren dann nicht alle Hindernisse mit einem Schlag gehoben, kam er nicht in den Besitz des Juwels aller Kupfermünzen? Das herrliche Stück würde in einem besonderen Schubfach auf einem samtenen Untergrund verwahrt liegen, die Sammler der ganzen Welt würden zu ihm strömen, um das Niegesehene sehen und bewundern zu können, alle neuen Münzwerke würden gezwungen sein, seinen Namen als den des glücklichen Besitzers zu nennen – Herrn Mückebein schwindelte! –

Aber, aber – eins war nicht wegzuleugnen: Fräulein Schnitzler, Helene, besaß einen Buckel – oh, es war ein ansehnlicher Buckel! Und hübsch – nein hübsch konnte sie, bei Gott! auch nicht genannt werden. Daß sie keine Reichtümer aufzuweisen hatte, dies mochte hingehen. Aber der Buckel, der Buckel! – Herr Mückebein stöhnte. –

Er mußte sich erst wieder den Alener Pfennig vergegenwärtigen – – – Schließlich war ein Buckel etwas Äußerliches. Sie konnte doch sehr nett und angenehm sein; auch häuslich war sie offenbar, wenigstens sah es in der Wohnung, bei aller Einfachheit immer sehr ordentlich und sauber aus. Sie würde seinen Münzschrank respektieren und niemals in der rohen Weise zu reinigen versuchen, wie eine frühere Aufwartung von ihm, die er einmal dabei abgefaßt, wie sie die Schubfächer herauszog und mit dem Wedel bearbeitete, daß die Zettel nur so umher flogen! Sie würde sich mit ihm an neuerworbenen Stücken freuen, gemeinsam mit ihm die Einordnung derselben vornehmen – gewiß, es konnte die Verbindung mit ihr sein Lebensglück nur erhöhen! Und daß auch ihre Wünsche auf eine Vereinigung mit ihm gerichtet seien, das glaubte er nun auf einmal, wenn er gewisse Worte und Blicke erwog, mit Gewißheit annehmen zu dürfen. Und dann: der Pfennig von Alen! Er winkte, er lockte – es gab keine Möglichkeit zu widerstehen: Herr Mückebein folgte, er griff danach, er hielt ihn. er war sein, sein – – –

Herr Mückebein war mit einem sieghaften Lächeln auf den Lippen eingeschlafen. Aber bald bemächtigten sich seiner wilde Träume. Er sah, in unheimlicher Größe, den Buckel des Fräulein Schnitzler, die sich mit süßlichem Lächeln über ihn beugte – dann ringelte sich der fabelhafte Aal um dieses Objekt des Anstoßes – nun verschwand wieder alles in finsterer Nacht, aus der plötzlich unter einer Krone der Name Mückebein in blendendem Glanz erstrahlte! Der Name verblich, der Pfennig, nur in ungeheurem Formate, trat an seine Stelle – Mückebein streckte die Hand danach aus, stieß an die Krone, diese fiel herab und zersprang klirrend auf dem Fußboden – Herr Mückebein erwachte bei hellem Tageslicht und sah erstaunt, daß sein Messingleuchter auf der Diele rollte. –

Aber sein Entschluß war gefaßt. Noch am selbigen Abend benutzte er den Moment, da der Alte gegen zehn Uhr eingenickt war, um seine Worte bei Helene anzubringen und empfing ihre überschwänglichen Gegenversicherungen. Am anderen Tage hielt er bei dem Alten förmlich um sie an, auch hier das freudigste Entgegenkommen findend. Schüchtern und herzklopfend wagte er als nunmehriger Bräutigam am dritten Tage die Frage: ob Helene als sein geliebtes Weib die Münzen ihrer Tante seiner Sammlung anvertrauen werde und konnte mit Mühe seine Aufregung verbergen, als sie ein »natürlich, mein Theobald!« hauchte. Er betrieb nun die Vorbereitungen zur Hochzeit mit fiebernder Hast, denn er fürchtete beständig, daß noch etwas dazwischen kommen könne. Aber als er am Morgen nach der Hochzeit mit seiner ihn selig anblickenden Helene vor dem geöffneten Münzschrank stand und den auf blauem Atlas ruhenden geliebten Pfennig von Alen betrachtete – nunmehr sein Eigentum, denn Helene hatte ihm, als ihrem Gatten, die Sammlung geschenkt! – da wurden ihm die Augen feucht und er fühlte sich als den glücklichsten Menschen auf Gottes Erdboden. –

Vier Wochen waren dahin gegangen. Das Pärchen lebte noch immer wie im siebenten Himmel. Mückebeins Geburtstag nahte heran und eine besondere Überraschung war von der Gattin vorbereitet. Oft hatte sie von Theobald erwähnen hören, daß in nächster Zeit ein großes Werk über Kupfermünzen von Professor Neumann erwartet werde, ein Werk, das an Vollständigkeit und Zuverlässigkeit alle derartigen Publikationen weit hinter sich lassen und unentbehrlich für jeden Sammler werden sollte. Ihr Gatte war gewissermaßen Mitarbeiter daran, indem er, gleich in den ersten Tagen ihrer Ehe, Beschreibungen der interessantesten Stücke seiner Sammlung angefertigt und dem Professor Neumann eingesandt hatte, worauf sogar ein Schreiben des berühmten Numismatikers eingelaufen war, in welchem dieser vorläufig seinen Dank aussprach und im übrigen auf sein Werk verwies. Nach diesem, von ihrem Gatten also mit doppeltem Interesse erwarteten Buch, hatte sie Erkundigungen eingezogen, ein schön gebundenes Exemplar – das erste, das die Presse verlassen – gekauft und nun prangte es auf dem Geburtstagstisch, den sie in aller Früh' heute mit Blumenstöcken und einer Brezel festlich vorgerichtet.

Herr Mückebein trat aus dem Schlafzimmer. Er nahte sich dem Tische – ein Ausruf freudigster Überraschung! – voll Rührung umarmte er seine geliebte Helene. Dann nahm er mit unbeschreiblichen Empfindungen das herrliche Werk in Augenschein. Ein mächtiger Quartband mit Hunderten von Abbildungen und der Beschreibung von 70 000 Münzen – ohne die englischen Token, die allein, 6000 an der Zahl, eine besondere Abhandlung füllten! Herrn Mückebein erfaßte eine Art von Trunkenheit. Er schlug in Hast die Rubrik »Westfalen« auf, mit Wonne sah er beim Durchblättern die wunderlichen Münzzeichen von Soest, Münster, Hamm vorüberfliegen – da war *Alen!* Und da, auf der Abbildungstafel, in photographisch treuer Wiedergabe, *sein Pfennig!* Er hatte nur die Beschreibung eingesandt, keine Abbildung – also Neumann kannte ihn auch schon. Seine Augen flogen nach der dazu gehörigen Notiz – Nr. 62 – da war sie! Er las: »*Falsifikat!*« Ein Schleier legte sich vor seine Augen, es sauste und brauste ihm vor den Ohren – »In 500 Exemplaren vor wenigen Wochen in einer bayerischen Fälscherwerkstatt aufgefunden. Die Ermittelungen haben ergeben, daß eine kleine Anzahl dieser Falsifikate *einer nie existiert habenden Münzsorte* bereits vor cirka drei Jahren in den Handel gebracht worden ist, was durch eine Mitteilung des Herrn Th. Mückebein in X. bestätigt wird, der im Besitz einer solchen Münze ist und dem hiermit auch öffentlich der Dank – – –«

Die Notiz ward nicht zu Ende gelesen: Herrn Mückebein hatte eine Ohnmacht gnädig der Wirklichkeit entrückt.

Blumes Leidenschaften.

Ich war Tertianer und saß an einem schönen Maimittag in meinem Zimmer, damit beschäftigt, einige Arbeiten noch vor dem Essen zu erledigen, als mein Freund und Stubengenosse, der Sekundaner Fritz Blume aufgeregt hereinstürzte.

»Ich bin ihr wieder begegnet, Herzer!« rief er atemlos, Mütze und Bücher in die Sofaecke schleudernd. »Wie sie mich ansah beim Grüßen – so von unten herauf! – o Gott, mir war, als müßte ich vor *dem* Blick auf Flügeln der Morgenröte in die Gefilde der Seligen enteilen! – Aber höre, was mir passiert ist! Gerade wie ich an ihr vorbeigehe, läßt der Engel seinen Sonnenschirm fallen. Ich, wie ein Sperber darauf! Schon hatt' ich ihn beim Griff, als das freche Subjekt, der Salomon ihn mir pöbelhafterweise entriß und ihr überreichte! Höll' und Teufel! Und sie dankte dem Elenden noch mit himmlischer Freundlichkeit! Das kann ich dir aber sagen, Herzer: wenn Salomon sie noch einmal vor der Klasse eine »reizende Kröte« nennt, so hau ich ihm eine 'runter und wenn's mir das Leben kostet!«

»Siehst du, Herzer,« fuhr er tiefaufatmend fort: »daß dieser Mensch ihr die Cour macht und daß sie's duldet – ja sie duldet's, widersprich mir nicht! – das bringt mich außer mir! Das kann auch nicht so bleiben: ich will keine Teilung der Seligkeit! Sie kennt mich hinlänglich – es ist wahr, ich habe sie erst *einmal* gesprochen, aber seit vierzehn Tagen fast täglich gesehen – sie kann also wissen, ob ihr Herz für mich spricht! Und ich muß Gewißheit haben und dazu sollst du mir verhelfen. Du kennst ihren Bruder. Thu mir den Gefallen, such ihn auf und sieh, daß du sie unter vier Augen sprichst. Dann frage sie in meinem Namen geradheraus – ich ermächtige dich hiermit dazu: *wen* sie lieber hätte, mich oder Salomon. Willst du das?!«

Ob ich das wollte! Meine Tertianerbrust hob sich vor Stolz in dem Gefühl, mit solch einer Mission betraut zu werden; ich muß vor Vergnügen ganz rot geworden sein. »Auf Handschlag!« sagte ich feierlich, ihm die Rechte bietend. »Ich gehe noch heute hin und frage sie. Sei um acht zu Haus, da bring' ich Nachricht.«

Blume schüttelte mir in mächtiger Bewegung die Hand. »Diesen Freundschaftsdienst vergesse ich dir nie! – Aber jetzt zu Tisch: es giebt heute Bratwurst und Salomon ist jeder Gemeinheit fähig.«

Der Räuber von meines Freundes Ruhe wohnte nämlich im gleichen Logis und speiste mit uns gemeinschaftlich.

Wider Erwarten fanden wir ihn indessen in der Wohnstube unserer Wirtsleute noch nicht vor. Jedoch nach wenigen Minuten trat er herein und nahm unter finstern Seitenblicken seines Nebenbuhlers am Tische Platz.

Im Genuß der leckern Lieblingsspeise, die von einem Berg milchweißen Kartoffelbrei's begleitet war, legte sich nach und nach der Groll Blumes bis zu dem Grade, daß er einen winzigen Restzipfel von Salomos Bratwurst, den dieser nicht mehr bewältigen zu können erklärte, ohne Anstand von dem Verhaßten annahm – was ich einigermaßen befremdlich und meines Freundes unwürdig fand.

Sogleich nach Schluß der nachmittäglichen Schulstunden rannte ich zu Bergrat Kellers und traf es so glücklich, daß mir Lieschen, Blumes Ideal, öffnete. Auf meine hervorgestammelte Bitte, sie in Angelegenheiten meines Freundes sprechen zu dürfen, zog sie mich hastig über den dunklen Gang in eine Art Verschlag, der sich bei näherer Betrachtung als die Besenkammer herausstellte, aber nach ihrer Versicherung hervorragend geeignet für vertrauliche Mitteilungen war.

Ich gestehe, daß ich mir die Zusammenkunft hinsichtlich des Lokals etwas anders vorgestellt hatte, und daß meine Stimmung unter dem Gedanken litt: zwischen Borstwischen und Schaufeln eine so delikate Angelegenheit vortragen zu sollen.

Indessen entledigte ich mich meines Auftrags noch ganz leidlich und stellte die Hauptfrage: »Ob Blume, ob Salomon?« in einem der Wichtigkeit der Sache entsprechenden feierlichen Ton.

Der Gegenstand von Blumes Schmerzen spielte währenddem mit den blonden Zöpfen, stellte sich bald auf das eine, bald auf das andere Füßchen und brach zuletzt in ein – wie mir deuchte – recht unpassendes Gelächter aus: »Ich finde die Frage zu komisch von

Ihrem Freund! Mein Gott – ich habe Herrn Blume gern, Herrn Salomon aber auch. Sie sind mir beide recht angenehm.«

»Gut, mein Fräulein,« entgegnete ich steif, denn ich fühlte mich bei dieser kühlen diplomatischen Erklärung in meines Freundes Seele gekränkt. »Ich werde es genau ausrichten. Darf ich meinen Freund von Ihnen grüßen?«

»Gewiß!«

»Ich danke Ihnen. Leben Sie wohl.«

Ohne erst ihren Bruder aufzusuchen, eilte ich nach Hause.

Als ich ins Zimmer trat, sprang Blume vom Sofa in die Höhe, faßte mich bei den Schultern und rief: »Verhehle mir nichts! Bin ich geliebt oder nicht?!«

»Du bist geliebt, aber Salomon auch. Sie liebt euch alle beide und hat mich beauftragt, dich zu grüßen.«

»Oooh! – Ich hab's geahnt!« rief Blume, wandte sich nach dem Tisch um und ergriff ein rosafarbenes Papier, das er langsam und mit schmerzlichem Genuß in dünne Streifen zerriß. »So sei denn vernichtet, Unterpfand meines zertrümmerten Glücks!«

Es war das einzige Billet, das er von ihr besaß. Ich kannte es, denn er hatte es mir oft vorgelesen. Von Liebe war eigentlich nicht darin die Rede. Sie ersuchte ihn einfach um Rückgabe ihre Bleistifts, den er auf dem Schülerball – jenes einzige Mal, da er sie gesprochen! – beim Ausfüllen ihrer Tanzkarte in der Verwirrung eingesteckt hatte.

Ich wußte nichts zu seinem Schmerz zu sagen und dachte nur voll Bewunderung, wie Blume sich so ganz den Verhältnissen angemessen benähme und wie schön und poetisch er sich ausdrücke.

Als er ruhiger geworden war, mußte ich ihm alle Einzelheiten der denkwürdigen Unterredung erzählen.

»So – also in der *Besenkammer* ist mein Schicksal besiegelt worden?!« warf er bitter lächelnd ein. Einige Male lachte er höhnisch auf und dann wieder, als ich den Namen »Salomon« aussprach, rief er heftig: »Nenne den Menschen nicht! Er hat mir meinen Himmel gestohlen! – Ja Herzer, für mich ist jetzt – Götterdämmerung!«

Ich verstand diesen Ausdruck nicht, aber er imponierte mir ungeheuer. Eine Weile saß er noch düster vor sich hinbrütend, dann holte er eine lange Pfeife hervor, stopfte sie mit einem gewissen großblättrigen Knaster, den ich nie und selbst er nur selten gut vertragen konnte, steckte sie mit einem der rosa Streifen in Brand und hüllte sich in ungeheure Wolken, die ihm etwas Ossianisches, Nebelhaftes gaben, was mir nicht schlecht zu der Situation zu passen schien.

Ich hatte währenddem mein bereitstehendes Abendbrot verzehrt, (was heute nur in Butterbroten bestand) und mich alsdann in meine lateinischen Exercitien vertieft, die meine ganze Aufmerksamkeit erforderten, so daß ich wenig auf meinen Freund achten konnte. Nur gelegentlich sah ich, daß er einen Band »Lederstrumpf« vorgenommen hatte und zwischendrein mächtig der Wasserflasche zusprach, die er im Laufe des Abends noch zweimal füllen ließ. Auf eine daraus bezügliche Bemerkung meinerseits, deutete er mir an, daß die »verzehrende Glut seiner Leidenschaft« dies erforderte. Ich glaube aber, daß es von den Bratwürsten kam, von denen er – wie ich hinterher erfuhr – heut Abend noch zwei (darunter schnöderweise auch die für mich bestimmte!) verspeist hatte. –

In den nächstfolgenden Tagen sprach Blume kein Wort über seine Liebe. Was Salomon betrifft, so begnügte er sich damit, als dieser ihn bei einer der gemeinschaftlichen Mahlzeiten anredete, demselben kalt lächelnd zu erklären, daß er fortan für ihn »Luft« sei. Zu diesen Mahlzeiten kam er jetzt meistens spät, weil er, um der Treulosen nicht zu begegnen, den weiteren Weg um die Promenade wählte. Im übrigen zeigte er vielen Gleichmut, ja einen gewissen Humor, was mich alles glauben ließ, er habe die Sache verwunden.

Wie sehr ich mich darin getäuscht, sollte ich eines Morgens erfahren, als ich, ins Gymnasium tretend, ein ohrenzerreißendes Geheul und Gejohle vernahm und aus dem geöffneten Sekundazimmer, unter den Zurufen der Komilitonen, sich einen lebendigen Knäuel wälzen sah, in dem ich mit Schrecken meine Tischgenossen, Blume und Salomon, in wildem Kampf verwachsen, erkannte! Blumen fehlte beinah ein ganzer Rockflügel und Salomon hatte einen ansehnlichen Teil von meines Freundes blondem Haupthaar in seiner geballten Linken – der unglückliche Liebhaber war also auch bei diesem zweiten Versuch einer Rehabilitierung seiner Ehre seinem Widersacher schmählich unterlegen.

Er fehlte an diesem Tag beim Mittagstisch und abends saß er mit schrecklich verschwollenem Gesicht und fürchterlich gesträubtem Haar in unserem Zimmer, fortwährend ingrimmig die Phrase wiederholend:»Mit Salomon bin ich fertig! Der hat seinen Denkzettel.« –

Nach dieser Katastrophe trat eine entschiedene Wendung in dem Benehmen meines Freundes ein. Zu meiner nicht geringen Überraschung hielt er am dritten Tage danach dem sieghaften Feinde Salomon mit einigen versöhnlichen Worten seine Rechte hin und fand ein lächelndes, wenn auch etwas kühles Entgegenkommen. Sein Groll warf sich jetzt ausschließlich auf die Ungetreue, wenn auch dieser Groll sich nicht offen äußerte, sondern gewissermaßen innerlich festsetzte. Er vermied sie nach wie vor, sprach aber nie über sie und nur einmal, als wir beide auf einem Sonntagsnachmittagsspaziergang unvermutet mit ihr zusammentrafen, hielt er plötzlich mit eisernem Griff meine rechte Hand fest, mir grimmig zuraunend: »Wir grüßen keinesfalls!«

Er verhinderte dadurch wirklich meinen Gruß und als ich ihn darüber zur Rede setzte und ärgerlich fragte, wie ich dazu käme, seiner Angelegenheiten halber dem Fräulein unhöflich zu begegnen, sagte er finster:»Ich dächte, das wärst du meiner Ehre schuldig!« –

So kam der Johannistag heran, für uns Schüler der wichtigste Tag des Jahres. Alljährlich an diesem Tage pflegte nämlich das Direktorium des Gymnasiums ein großartiges Fest zu veranstalten, wozu an sämtliche Honoratioren-Familien Einladung erging.

Als Zeuge von Blumes unfreundlicher Gesinnung gegen seine ehemalige Flamme war ich nicht wenig erstaunt, als mein Freund am Morgen des bedeutungsvollen Tages mir seine Absicht mitteilte, Lieschen Keller zum heutigen Ball ein Bouquet zusenden zu wollen. Meine Bedenken und Einwände schlug er mit der entschiedenen Bemerkung nieder, daß er das Bouquet absenden müsse, wolle und werde. Wirklich ließ er nachmittags gegen 2 Uhr durch das Mädchen unserer Logiswirtin einen ungeheuren Rosenstrauß nach dem Hause des Bergrats schaffen. Der Erfolg war der vorausgesagte: das

Mädchen kehrte mit dem Strauße zurück. Das gnädige Fräulein hatte ihn mit den Worten zurückgewiesen: sie danke verbindlich, sie sei bereits mit einem Bouquet versehen.

Blume nahm Strauß und Antwort schweigend entgegen; doch als das Mädchen hinaus war, schleuderte er das Bouquet in die Stubenecke, daß es förmlich Rosen regnete. Ich tröstete ihn, so gut ich konnte und schlug, um ihn zu zerstreuen, vor, sogleich nach der Festwiese hinauszubummeln. Unterwegs war er ausfallend einsilbig; wenn er einmal eine Bemerkung machte, war sie bissiger Natur. Auf dem Festplatz wimmelte es bereits von Menschen. Es war das prachtvollste Juniwetter; die Sonne brannte mächtig, aber es ging ein Luftzug und im Schatten der hohen Eichbäume war es erquickend kühl. Die rauschenden Klänge eines Straußschen Walzers von der Kapelle im Mittelpavillon, der Anblick der bunt bewimpelten Zelte, des Lebens und Treibens einer festlich geputzten Menge, die Berge von Kräpfeln und Kirschkuchen auf den Zelttischen und das Gemisch vom Dufte frischgebrannten Kaffees und würziger Waldluft – all dies versetzte uns sehr bald in die gehobenste Feststimmung. Ich sage *uns*, denn Freund Blumes Lustigkeit schien mehr und mehr zu wachsen; er war unerschöpflich in drolligen Bemerkungen über die uns Begegnenden, wenngleich diese Bemerkungen sämtlich einen Stich ins Satyrische hatten.

Einen Moment nur staute sich der Strom seiner witzigen Rede, als nämlich gegen 5 Uhr Lieschen Keller in einem entzückenden weißen Kleide, in der Hand ein Kamelienbouquet, an der Seite ihrer Eltern erschien. Sie wurde sofort von Freundinnen umringt, dann aber – vor Blumes Augen – ehrerbietig von Salomon begrüßt, der ihr nach einigen Komplimenten den Arm reichte und sie in eins der großen Zelte entführte. Eine Anzahl ihrer Freundinnen in Gesellschaft von Sekundanern schlossen sich dem Heere an.

Blumen sah ich die Zähne aufeinander beißen, als er mich schweigend nach dem Zelte mit fortriß. Wir nahmen nicht weit von der Gesellschaft Platz und bald drang die laute Stimme Salomons und das helle Gelächter der Mädchen zu uns herüber. Salomon schien seinen glücklichen Tag zu haben und die Umsitzenden in der That aufs Köstlichste zu unterhalten. Aber auch Blume schien das Bedürfnis zu empfinden, sich bemerklich zu machen. Er bestellte mit Stentorstimme eine Flasche Meißner Landwein und zwei Gläser und stieß auffällig oft mit mir an, wobei er Gesten und Worte weniger an mich, als nach dem Tische Salomons richtete. Einige Komilitonen von ihm traten zu uns heran; es gab Anspielungen und derbe Witze. »Die ist reine weg in den Schwarzen!« – »Schaff dir eine andere an, Blume. Die ist dir verloren!«

Blume wollte eine verächtliche Gebärde machen, warf aber die noch halbvolle Flasche um, die ihren Inhalt auf seine Hosen ergoß. Er reinigte sich unter dem Gelächter der Komilitonen und rief mit forciert lauter Stimme nach einer zweiten Flasche.

Die Anstifterin dieses Unheils hatte jetzt, nicht ohne einen Blick nach uns herüberzuwerfen, ihrem unterhaltenden Gesellschafter einige Blüten aus ihrem Strauß an den Rock befestigt, bei welcher Manipulation sie sich genötigt sah – da er ihr gegenübersaß, – sich angestrengt über den Tisch zu ihm zu beugen, ein Anblick, der bei Blume einen solchen Wutanfall hervorrief, daß ich ernstlich für unsern Tisch besorgte. Er bearbeitete diesen mit der rechten Faust, stieß ein schreckliches Hohngelächter aus und stürzte ein Glas Wein nach dem andern hinunter. Dann fing er an alle in der Nähe befindlichen Kräpfel und Kirschkuchen aufzuessen – Gemütsbewegungen schienen bei ihm immer einen auffallenden Appetit zu erzeugen – und hörte nur noch zerstreut, was ich oder andere auf ihn einsprachen. Seine ganze Aufmerksamkeit konzentrierte sich auf den Tisch der Feinde, die zu beobachten er ein grausames Vergnügen empfand, ohne alle Rücksicht darauf, daß diese sein Benehmen offenbar bemerkten und sich wahrscheinlich darüber belustigten.

Es war nahe an sechs Uhr, der Ball mußte gleich beginnen, die Tanzkarten der jungen Damen bedeckten sich mit Einzeichnungen tanzlustiger Gymnasiasten. Salomon hatte soeben, so laut, daß es Blume hören konnte, Lieschen Keller um die Polonaise und den Cotillon gebeten und auf ihre Zusage hin, den Vermerk in ihr Kärtchen eingetragen. Jetzt gab er ihr dieses mit verbindlichem Dank zurück. »Warum haben Sie sich eigentlich so weit von mir weggesetzt?« hörte ich ihn zärtlich neckend fragen.

»Es ist wahr, ihr gehört nebeneinander!« – »Er ist doch dein Ballherr!« – »Er hat dich an den Platz geführt – du mußt an seine Seite!« So schwirrten die Mädchenstimmen lachend durcheinander.

Ich sah, wie sich Lieschen errötend und verlegen lächelnd erhob, um den Platz zu wechseln. Unwillkürlich blickte ich mich nach meinem Freund um, mit Bangen, was er bei dieser neuen Gunstbezeugung anfangen werde. Aber Blume war verschwunden. Ein Glück, dachte ich, daß er gerade jetzt hinausgegangen ist. Auf ihrem Gange nach dem Platze Salomons mußte die kleine Keller an mir vorüber; ich grüßte aufstehend, sie dankte verwirrt weiterschreitend und ließ sich dann, bei dem strahlenden Salomon angelangt, in ihren duftigen weißen Kleidern wie eine Wolke neben ihm nieder.

In diesem Augenblicke sah ich mit Erstaunen dicht hinter ihrem Platze Blume aus gebückter Stellung auftauchen und hinter der Zeltwand verschwinden.

Ein durchdringender Schrei, ein Aufspringen Lieschens und der Umsitzenden, Ausrufe des Entsetzens! – Lieschen wirft sich weinend einer Freundin an die Brust, während Salomon mit einem Messer eine schwärzliche Masse von der Bank zu entfernen bemüht ist . . . Etwas Schreckliches muß vorgegangen sein: Lieschen tritt thränenüberströmt aus der Bank heraus – vier, fünf ihrer Freundinnen umgeben sie dicht, aber in vorsichtiger Haltung, und so sie deckend, als wenn sie etwas Ungeheuerliches den Blicken der Menge entziehen wollten, geleiten sie das arme, laut schluchzende Kind aus dem Zelte. Aber es ist trotz aller Vorsicht bemerkt worden. »Das schöne Kleid!« höre ich von allen Seiten. »Sie muß den Ball aufstecken!« – »So kann sie doch nicht mittanzen!« – »Und zum Umziehen ist es zu spät« . . .

Die Kunde von dem Vorfall dringt in alle Zelte, bald weiß sie der ganze Festplatz. Auch daß es kein Zufall ist! Man nennt die Namen und den Anlaß zu der unseligen That! Ein in den Annalen der Johannisfestbälle unerhörter Skandal:

Fritz Blume hat aus Rache für verschmähte Liebe Lieschen Keller, als diese sich neben seinem Nebenbuhler niederlassen wollte, ein Stück Kirschkuchen unter das weiße Ballkleid gelegt!

Vier Wochen Karcer sind ihm gewiß – wenn er nicht relegiert wird. Unglückliches Lieschen! Unglücklicherer Freund Blume!

Der Tugendpreis.

1.

Herr *Schnüffler*, der Wirt zur »Stadt Berlin«, dem Bahnhofshotel des Städtchens Lengefeld, saß in dem leeren Wartesaal dritter Klasse seines Restaurants und studierte angelegentlich eine Zeitungsnotiz. Seine Augenbrauen waren hoch hinaufgezogen und er rieb sich wiederholt seine von einem Klemmer gekrönte stattliche Burgundernase, die von dem Frühstück, dessen Reste noch auf dem Tische standen, funkelte und glühte. »Hm, hm,« brummte er nachdenklich, »das wäre so was für die Amalie! Schönes Geschenk, ehrenvoll für beide Teile und kostenlos.« Und Herr Schnüffler lachte behaglich, das heißt: er ließ einige Töne hören, die dem Quaken eines Frosches nahe kamen.

Die Zeitungsnotiz, welche Herrn Schnüffler diesen Genuß verschaffte, lautete folgendermaßen:

»*Naumburg* a. d. Saale. 10 Juli. Gestern wurde der ledigen *Johanna Klepperbein* der sogenannte »Tugendpreis«, bestehend in hundert Mark, welche die Regierung für dienende Jungfrauen von untadeligem Lebenswandel nach Absolvierung dreißigjähriger Dienstzeit ausgesetzt hat, von unserem Herrn Bürgermeister mit einer herzlichen Ansprache überreicht.«

Die vierundfünfzigjährige Amalie, Wirtschafterin und Kellnerin zugleich, stand bereits seit zweiunddreißig Jahren bei Herrn Schnüffler in Dienst. Bezüglich dieses Punktes war also ihre Anwartschaft auf den Tugendpreis über alle Anfechtung erhaben. Was den untadeligen Lebenswandel betraf – so lagen allerdings einige Kleinigkeiten vor, die, streng genommen und so zu sagen, besonders von Übeldenkenden – – indessen, das war lange, lange her. Wer wußte das noch und wer würde das so genau nehmen? Das Ding ließ sich zweifellos machen. Das Notwendigste war jetzt, mit dem Bürgermeister Rücksprache zu nehmen. Das konnte gleich heute geschehen. Dieser berichtete dann an das Ministerium – wahrhaftig, die Sache war ja äußerst leicht auszuführen. Daß ihm dieser Tugendpreis nicht schon früher eingefallen war! Das Geld

liegt auf der Straße, man braucht sich bloß zu bücken, um es aufzu-
heben.

Herr Schnüffler erhob sich mit dem doppelt wohlthuenden Gefühl: einem Menschen eine Freude machen zu können, ohne einen
Pfennig dafür ausgeben zu müssen.

Es war jetzt acht Uhr – zum Besuch des Bürgermeisters noch zu
früh. Herr Schnüffler verfügte sich also in die Tiefe seines Kellers,
um dort noch ein Stündchen mit Hilfe künstlerisch verzierter Etiket-
ten der Weinveredlung obzuliegen.

Als er gegen neun Uhr, um etwas Toilette zu machen, aus den
dunkeln Räumen in sein helles Schlafzimmer zurückkehrte, hatte
seine Nase eine Färbung angenommen, die mit bleu mourant ganz
zutreffend bezeichnet werden konnte. Doch war es keineswegs
dieses Umstands halber, daß er wenige Minuten später, nachdem er
die spärlichen Haare seines Hinterhauptes mit einigen genialen
Bürstenstrichen über den ganzen kahlen Schädel klug verteilt und
einen Hut hervorgeholt hatte, möglichst schnell und geräuschlos an
der Küche, wo die gestrenge Gattin waltete, vorüberzukommen
strebte. Dies hatte vielmehr seinen Grund einzig darin, daß er als
ein ehrlicher Mann, dem jede Lüge in den Tod zuwider, unbequemen Fragen über die Ursache seines frühen Ausganges aus dem
Wege gehen wollte. Und aus allerlei Gründen hielt er nun einmal
für besser, seiner Gemahlin den Plan bezüglich Amaliens vor der
Hand noch zu verschweigen.

2.

Der Bürgermeister von Lengefeld, ein jovialer Vierziger, bekleide-
te sein Amt erst seit einem Vierteljahr. Er war infolgedessen noch
wenig vertraut mit den Verhältnissen des Städtchens und begreifli-
cherweise geneigt, den Unterthanen seines Reiches voll Vertrauen
entgegen zu kommen, schon um die einem Bürgermeister so not-
wendige Popularität zu gewinnen. So hörte er denn auch das Anlie-
gen des ihm bekannten Bahnhofswirts mit wohlwollendem Interesse und ermutigendem Lächeln an.

»Über den Lebenswandel der Betreffenden – denn dies kommt hier natürlich hauptsächlich in Betracht – liegt selbstverständlich nur Gutes vor?«

Herr Schnüffler bekämpfte einen leichten Hustenanfall. »Na, das versteht sich!« versicherte er eifrig. »Zweiunddreißig Jahre im Dienst, treu, ehrlich und fleißig, unermüdlich thätig bei Tag und Nacht – kleine Ersparnisse, aber natürlich ärmliche Verhältnisse – nu, Sie wissen ja, mein Herr Bürgermeister, wie diese Verhältnisse sind – –«

»Also das Betragen dieser Amalie – daß wir uns recht verstehen – war immer ein durchaus sittliches, anständiges?«

»Nu freilich, freilich! Alle zwei Wochen Kirchenbesuch, häufig auch noch die Abendgottesdienste – gänzliche Zurückhaltung von öffentlichen Lustbarkeiten – –«

»Und ihr Wesen den männlichen Gästen gegenüber – nicht kokett, nicht herausfordernd?«

»Gott soll mich bewahren!« rief Herr Schnüffler mit seinem süßesten Lächeln. »Wo sollte das auch herkommen, verehrter Herr Bürgermeister?! Amalie wird nächsten Monat vierundfünfzig Jahre« –

»Schon gut, werter Herr Schnüffler, aber ich meinte in früheren Jahren. Nun also: schicken Sie mir die nötigen Papiere recht bald und der Bericht soll sogleich abgehen. Ich denke, der Preis wird dem alten Mädchen anstandslos zuerkannt werden.«

Herr Schnüffler trat den Heimweg in gehobenster Stimmung an. Schon voriges Jahr war er genötigt gewesen, Amalien eine Zulage – allerdings ohne jede Zeitbestimmung – in Aussicht zu stellen. Nun kam er auf eine so mühelose, billige Weise dazu, sein Versprechen auch halten zu können. Etwas wie Rührung erfaßte ihn über sein edelmütiges Benehmen, gemischt mit Hochachtung vor seiner Erfindungsgabe und dieses gemischte Gefühl erweckte wiederum eine gesteigerte Liebe zu der Menschheit im allgemeinen. Seiner Gattin brachte er in Gestalt einer Pfingstrosenknospe einen Gruß aus dem Garten in die Küche – eine Galanterie, die leider nicht die verdiente Würdigung fand; und während der Table d'hote sah er es ruhig mit an, daß der dicke Assessor Kröpler ein drittes Mal Pudding serviert

erhielt, eine Ausschreitung, die er an jedem andern Tag leiden-
schaftlich verhindert haben würde. Und er betrachtete nicht nur
ohne Groll, sondern mit ganz liebevollen Blicken die diesen Pudding servierende gute, altjüngferliche, ahnungslose Amalie. Ja, der
treffliche Gastwirt vergaß sogar über der heimlichen Freude, die ihn
erfüllte, des Umstandes, daß der Buchhalter Schmidt heute Geburtstag hatte, ein Ereignis im Leben seiner Stammgäste, das Herr
Schnüffler nie vorübergehen ließ, ohne dem Jubilar glückwün-
schend eine Flasche Sekt zu präsentieren, geöffnet, damit sie nicht
zurückgewiesen werden konnte und dem Gefeierten später natürlich in der Monatsrechnung angekreidet.

Nachmittags gewann er infolge seiner freieren Geistesstimmung
dem Amtmann und dem alten Chausseeinspektor vier Mark im
Skat ab, und um die Freude dieses Tages voll zu machen, brachte
der Hausknecht *Friedrich* mit dem Fünf-Uhr-Zug einen sehr honett
aussehenden, feingekleideten Reisenden mit vom Bahnhof herüber.

Es gab nämlich mehrere Gasthöfe in der guten Stadt Lengefeld
und die Reisenden pflegten früher nicht selten, eines albernen Vor-
urteils halber, das mit Bahnhofshotels eine gewisse Höhe der Preise
verbindet, an dem Gasthaus des Herrn Schnüffler vorüber zu gehen, bis dieser auf den ingeniösen Gedanken gekommen war, bei
Ankunft jedes Zuges Friedrich mit Stentorstimme ausrufen zu lassen: »Hotel Schnüffler!« – »Hotel Stadt Berlin!« – »Bahnhofshotel!«
Eines dieser drei Hotels wurde von dem Ankommenden meistens
gewählt und da alle drei nur euphemistische Bezeichnungen des
kleinen Gasthauses des Herrn Schnüffler waren, so hatte seitdem
eine entschiedene Zunahme der Kundschaft stattgefunden.

3.

Der heute eingefangene Reisende, dem Friedrich eine kleine
Handtasche und ein riesiges, unförmiges Paket nachtrug – das sich
später als ein großer Globus entpuppte – verlangte zunächst nach
einem »solennen Mahl«, nebst einer »Flasche Mosel« und entdeckte
sich in einem intimen Gespräch dem Herrn Schnüffler, der die Gefälligkeit hatte, mit von dem Moselwein zu trinken, als ein Privatge-
lehrter Namens *Seidlitz*, der topographischer Studien halber zwei
bis drei Wochen in Lengefeld sich aufzuhalten beabsichtigte. Der

neue Gast, ein blühender Mann in den besten Jahren, mit einem mächtigen blonden Vollbart und heiterem, freiem Gesichtsausdruck, erwies sich als ein vortrefflicher Gesellschafter, der das Herz des wackern Herrn Schnüffler sogleich dadurch gewann, daß er den »Mosel« – er war aus der Gegend von Naumburg – über die Maßen lobte und die ihm aufgetragenen Rühreier mit Schinken für seine »Leibspeise« erklärte. Mit diesem Ausdruck bezeichnete er zwar in den folgenden Tagen und Wochen noch oftmals auch viele andere, ja die meisten Gerichte, wußte es aber immer so überzeugend zu bethätigen, daß der treffliche Wirt, der sonst ein leichtverständliches Mißtrauen gegen»Privatgelehrte« hegte, sich völlig entzückt und eingenommen von seinem Gaste zeigte, der seinerseits sich nicht minder im Hause des Herrn Schnüffler wohl zu behagen schien und stets einen vorzüglichen Appetit und einen noch besseren Durst von seinen »Vermessungen« mit nach Hause brachte, die er merkwürdigerweise ohne alle sonst üblichen Instrumente vorzunehmen pflegte.

Au der Table d'hote war er bald hochbeliebt, er erzählte in virtuoser Weise höchst gewagte Geschichten, von denen er einen unerschöpflichen Vorrat besaß und benahm sich bei allen Gelegenheiten, wo etwas zum besten gegeben werden konnte, auf das allergentilste, so daß seine Zeche bald eine für den Wirt recht erfreuliche Höhe erreicht hatte.

Mit Herrn Schnüffler stand er längst auf dem Duzfuße. Dieser besuchte ihn zuweilen abends auf seinem Zimmer, wo Herr Seidlitz ihm dann an dem auf dem Tische aufgestellten großen Globus allerlei Wissenschaftliches demonstrierte, das Herrn Schnüffler, der es nicht verstand, mit ungeheuerem Respekt vor seinem Gast erfüllte.

4.

So mochten nahezu drei Wochen vergangen sein, als Herr Schnüffler eines Morgens vom Bürgermeister die Nachricht erhielt, daß die Regierung den Bericht über die zum Tugendpreis vorgeschlagene *Amalie Zschille* zustimmend beantwortet habe. Nach Vornahme einiger letzter Formalitäten werde dem Gesuche zweifelsohne entsprochen werden und es sei demnach vermutlich schon in den nächsten Tagen der Auftrag zur Überreichung des Preises zu erwarten.

Herr Schnüffler hatte sich auf diese freudige Nachricht hin nicht enthalten können, mittags an der Table d'hote nunmehr den von ihm gethanen Schritt und den glücklichen Erfolg desselben mit bewegter Stimme mitzuteilen, eine Eröffnung, bei welcher die zehn Stammgäste sich erst schweigend ansahen, dann aber in ein so unbändiges Gelächter ausbrachen, daß die dunkel erglühende Amalie, die bei dieser Gelegenheit das erste Wort über die ihr zugedachte Ehre vernahm, in die Küche entfloh.

Wohl dreimal mußte der geschmeichelte Gastwirt mit jedem seiner Gäste auf »den genialen Schnüffler« und die »Tugendboldigkeit« der Jungfrau Amalie anstoßen. Auch Amalie, im Triumph vom Amtmann und dem Assessor Kröpler aus der Küche geholt, sah sich gezwungen, wohl oder übel Bescheid zu thun.

Der Tugendpreis bildete natürlich das Hauptgesprächsthema auch bei der nach Quantität wie Qualität gleich bescheidenen Bowle, die der treffliche Gastwirt gegen acht Uhr den vollzählig versammelten Stammgästen auf den Tisch stellte, in der stillschweigenden Voraussetzung, daß das Präsent einige weitere größere Bowlen nach sich ziehen würde, die die kleine Auslage reichlich lohnten. In diesem Kalkül hatte er sich denn auch keineswegs verrechnet, die Stimmung ward zusehends eine höchst animierte und Herr Seidlitz, der als Präsident fungierte und mit dem Vortrag seiner tollsten Anekdoten wahre Heiterkeitsstürme entfesselte, bestellte allein drei Flaschen Heidsick Monopole. Die Pfropfen knallten um die Wette, Gläserklingen, Anrufe und schallende Hochs wechselten miteinander, kurzum, es war ein Spektakel, wie er lange nicht hier gehört worden!

Gegen neun Uhr kam noch ein Fremder dazu, der den Hausknecht Friedrich in der Stadt nach einem Gasthof angesprochen und von diesem hierher gewiesen worden war, ein freundlicher, älterer, kleiner Herr mit grauen Bartkotelettes und goldner Brille, der erst abseits von der lustigen Ecke einsam ein paar Bissen verzehrte, bald aber der dringlichen Einladung des Herrn Schnüffler Folge leistend, sich der ausgelassenen Tafelrunde zugesellte, der er sich als ein Dr. *Wellmer* vorstellte, der in Geschäftsangelegenheiten das Städtchen besucht und mit dem Zehn-Uhr-Zug nach der Residenz zurückzukehren beabsichtige.

Die wiederholten Anspielungen, die mancherlei Toast auf die »untadelige Amalie«, auf den »Tugendschnüffler«, den »Jungfrauenentdecker« veranlaßten den neuen Gast, nach der Veranlassung des Festgelages zu fragen, und die ihm von allen Seiten in den übermütigsten Ausdrücken erteilte Auskunft schien ihn so außerordentlich zu ergötzen, daß er einen richtigen Lachkrampfanfall bekam und dadurch wieder die übrige Gesellschaft zu tollsten Heiterkeitsausbrüchen hinriß.

Der Dr. Wellmer erholte sich zuerst wieder und rief mit allerdings von Lachthränen fast erstickter Stimme, die in dem ungeheuern Tumult, dem um ihn herum sich kreuzenden Lachen, Zurufen und Gläserklingen kaum zu Gehör kam:»Ich lache mich schief, ich lache mich schief! Nein, es ist herrlich, himmlisch, göttlich! – Herr Schnüffler soll leben! Eine geniale Idee! – Diese Amalia hat also – ist also – hahahahaha – sozusagen doch von der Liebe Macht – hahahahaha« –

»Dreimal – nur dreimal!« quakte Herr Schnüffler, der sich bewältigt vom Lachreiz und dem vielen genossenen Sekt in einen Schaukelstuhl geworfen hatte, während helle Thränen über sein dickes Wirtsgesicht und die Karfunkelnase flossen. Seidlitz hielt den Amalie kopierenden, sich altjüngferlich sträubenden Amtmann umfangen, von dem dicken Assessor und dem Chausseeinspektor umgeben, die, den Oberkörper und das eine Bein wagerecht ausgestreckt, mit jenen eine Ballettschlußgruppe improvisierten, während die übrigen unter Anführung des Buchhalters Schmidt um die Gruppe und den in seinem Sessel vor Lachen fast erstickenden Dr. Wellmer herum einen »Schunkelwalzer« aufführten und dabei die bekannte Melodie mit fürchterlichen Kratzstimmen intonierten.

Doch da schallte die Hausglocke in den Heidenspektakel und der intelligente Friedrich erschien in der Thür, um den Dr. Wellmer zum Zuge abzurufen.

Mit der äußersten Anstrengung nur gelang es dem letzteren, der schnell Hut und Stock ergriffen, in dem ohrenzerreißenden Tumult sich zu verabschieden. Unter zehnmal wiederholtem Händeschütteln der ganzen Gesellschaft, die ihn durchaus nicht fortlassen wollte, und nach mehrfachen Umarmungen des auf dem Rührungsstadium angelangten Herrn Schnüfflers glückte es ihm endlich aus dem Lokal zu entkommen, aus dem ihm noch bis an den Perron ein dreimaliges donnerndes Hurra nachschallte.

5.

Andern Tages empfing Herr Schnüffler, der eben die Tische für die Abendgäste bereitstellte, ein Billet vom Bürgermeister, das er in freudiger Erregung öffnete, die aber während der Lektüre einen ganz anderen Charakter annahm. Das Billet enthielt folgende Zeilen:

Der Herr Regierungsrat Dr. Wellmer, der gestern Nachmittag in Angelegenheit Ihres Gesuchs bei mir verweilte, teilt mir soeben mit, am selben Abend aus Ihrem eigenen Munde gehört zu haben, daß die bei Ihnen in Diensten stehende Amalie Zschille eine, vielleicht wiederholte Niederkunft gehabt hat.

Wie Sie unter diesen Umständen die Dreistigkeit haben konnten, auf Erteilung des Tugendpreises für die genannte Person anzutragen, wird eine Untersuchung ergeben, die ich mir vorbehalte

Der Stadtrat zu Lengefeld.
Dr. Stumm, Bürgermeister.

»So ein – na, das muß ich sagen« zischte Herr Schnüffler, dessen breite Züge viel von ihrem schönen, roten Kolorit verloren hatten. »Pfui Teufel, so was ist mir doch noch nicht vorgekommen! Drängt sich in die Gesellschaft – nein, so ein hinterlistiger – Was spionierst du hier? Was hast du hier zu suchen?«

Diese letzten Worte galten dem Hausknecht Friedrich, der spähend seinen Kopf zur Thür hereinsteckte.

»Weil ich Sie was zu geben habe, Herr Schnüffler.« Und damit holte Friedrich aus dem Latz seiner blauen Schürze einen Brief hervor. »Von Herrn Seidlitz.«

»Von wem?« rief Herr Schnüffler, dem ein sonderbarer Schreck in die Beine fuhr.

»Von Herrn Seidlitz, dem ich eben die Tasche an den Zug habe bringen müssen.«

»An den Zug? Nu – der wird doch nicht –« und Herr Schnüffler riß das Couvert herunter.

Lieber Schnüffler!

Vom Schicksal genötigt, dein mir so liebgewordenes Heim zu verlassen, muß ich dich bitten, meine kleine Zeche aus dem Erlös des zu diesem Zweck zurückgelassenen Globus –

»So ein Halunke! So ein Schweinepriester! So ein niederträchtiger Schuft! Und du altes Heupferd hilfst ihm noch beim Durchbrennen, du läßt ihn ruhig fortfahren, du hältst den Kerl nicht fest, du, du – mach', daß du 'rauskommst – du bist und bleibst das dümmste Trampeltier auf Gottes Erdboden!! Wenn du noch lange stehst, hau' ich dir eine 'runter – du einfältiges Schafsgesicht! Und Sie, Amalie, könnten auch was Besseres thun, als hier zu stehn und die Augen aufzureißen! Ihretwegen ist die ganze Schweinerei. Hätten Sie sich besser aufgeführt, da wär' ich jetzt nicht blamiert. Das kommt aber von meiner Gutmütigkeit – na, an den Tag will ich denken – so eine Räuberbande!«

Herrn Dietchen's Erzählungen.

(*Sächsisch.*)

1. Enne Hosengeschichte.

»Wenn ich den Namen › *Karlsbad*‹ heere, – sehnse, da werd mersch immer gleich ganz eklich zu Mute, denn *dort* hammse mer emal enn niederträchtigen Schtreich geschbielt, den ich in meinen ganzen Läwen nich vergesse! – Es is nu e Schticker sechs bis sieben Jahre her. Ich hatte Sie damals das eefältige Läwerleiden und sah ganz grien und gele aus, so daß mer mei Arzt endlich sagte: »Wenn Sie nu nich bald nach Karlsbad fahren, da steh ich fer nischt, da kennen Se nur immer Ihr Destament machen – Sie hamm enne dichtige kadedralische Läwerabblikaziohn!« – Heernse, da kriegt 'ch 's aber doch mit der Angst un wie ich zu Hause kam, sagt 'ch zu meiner Frau: du, sagt 'ch, im Mai mach ich nach Karlsbad – da hilft nu weiter kee Gefiebe nich! Da wollte se freilich erscht nischt dervon heeren, aber zuletzt gab se sich doch. Un wie nu so Mitte Mai rankam un de Sonne so härrlich schien, heernse, un de Beime immer griener un griener wurden, da faßte mich, weeß Knebbchen! enne ganz ungebendigte Reiselust un eenes Dages nahm ich aus der Kommode e scheenes Schtick Zeig, was 'ch da noch vom vorigten Jahre liegen hatte, und trug's, hastenichgesehn! zu meinen Schneider un bestellte mir e biekfeines Reisehabitchen. 's war Sie eegentlich e Winterschtoff, e bißchen dicke un ich schwitzte hernach e bißchen sehre drinne, aber sonst warsch e härrliches Zeig und hatte enne feine Kuleere: so e breinliches Grien un e baar gele Fäden derzwischen – das muß ich Sie nämlich vorausschicken, weil der Ahnzug in der Geschichte enne Haubtrolle schbielt.

Scheen! Ich werde mir also enn Dag zur Abfahrt bestimmen – kriege aber richtig den Ahnzug erscht knabb vor der Abreise, so daß 'ch 'n nich emal ahnziehen kann un nur fix noch in 'n Koffer backe un in meinen gewehnlichen Kleidern abfahren muß! Da hätt 'ch mich schon beinahe fast e bißchen geärgert, aber ich dachte nee, un kam ganz vergnigt in Karlsbad an. Fer diesen Dag warsch nu zu spät, aber den andern Morgen, wie ich in meinen Loschie aufgestanden war, zog 'ch mei neies Habitchen an un ging direktemang schnurgerade auf de Bromenade vor's Kurhaus unter das fremde Bublikum. Da denk 'ch doch ich werde närrsch in Koppe: wie ich auf eemal drei Bekennte, alles Oschatzer, auf mich zukommen sehe, den Birgemeester, den Assessor un Gottlieb Herzern von der großen Schießgasse! Die sehen mich ooch gleich un winken un lachen von weiten un der Birgemeester kommt mir e ganzes Schtickchen entgegen, schittelt mir de Hand un sagt: »Nu, mei guter Herr Dietchen, das is Sie ja eune unverhoffte Freide! Nee, das is zu hibsch, daß mir vier Oschatzer uns hier zusammenfinden, mir wollen recht zusammenhalten.« Der heimdick'sche Heichler! Un dabei kriegt er mich unter den eenen Arm zu fassen un Herzer faßt mich unter den andern un der Assessor henkelt sich wieder beim Birgemeester ein, und se lachen un duscheln egal mit enander un so gehen se mit mir immer auf un ab. Wie mer so e Vertelstindchen geblaudert hamm, da sagt der Assessor: er un Herzer mißten sich jetzt verabschieden, weil sie noch e Bad zu nehmen hätten; un damit dricken se sich. Wie se fort sinn, läßt mich der Birgemeester auf eemal los un sagt: »Heernse, was hamm Se da fir en hibschen Ahnzug? Das is Sie ja e biekfeiner Schtoff, den hamm Se doch nich aus Oschatz?« – »Ei ja,« sag ich, »der is noch von Möllern in der Mittelgasse. Hibsch is er, das is wahr, nur e bißchen dicke, mer schwitzt Sie e bißchen sehre drinne.« Sehnse, da sagt der Birgemeester noch: »Das lassen Se gut sein! Jetzt, bei den kihlen Nächten is e dicker Schtoff kee Fehler. Aber das wirde ich mir an Ihrer Schtelle noch ändern lassen: *Das eene Hosenbeen is ja e ganzes Schtick länger wie's andre!*«

»Nu gar!« sag ich erschrocken, denn 's ärgerte mich nadierlich nich wenig, daß mei neier Ahnzug so en bedeitenden Fehler haben sollte. »I, das hab 'ch doch noch gar nich bemerkt?!« – »Ja, so was sieht mer an sich selber nich gut,« sagt der Birgemeester»aber en Zoll is es wenigstens.« Un weeß der Härre, wie ich mich so unten rum begucke, da kommt mersch ooch so vor, als wenn das rechte Hosenbeen zu lang wäre un ich sage noch: »Das is ja eefält'g – was kennte mer denn da machen?« Da lacht der Birgemeester un sagt: »Nu, das is leicht zu ändern, das kennen Se sich selber abschneiden, nur nich zuviel, enn Zoll vielleicht, un ihre Hauswirtin, die macht Ihnen en Saum drum.«

Na, ich bedanke mich noch un mer schbrechen noch e bißchen un dann trinkt der Birgemeester seinen Brunnen un ich trinke ooch

meinen Brunnen un mittags bei der Dafeltodt sitzen mir vier Oschatzer wieder beisammen un blaudern hechst gemiedlich. Nach
Dische geh ich Sie dann in meine Schtube, nehme meine Hose vor,
schneide en guten Zoll vom rechten Beene ab un schicke se dann
mit enner Empfehlung meiner Hauswirtin nunter. Enne Viertelstunde drauf bringt se mir 's Mädchen schon geseimt wieder rauf,
und ich ziehe se wieder an und gehe auf de Bromenade. Wie ich
dahin komme, schtirzt der Assessor auf mich zu un ruft: »Gut, daß
Se kommen, Herr Dietchen, ich warte schon eene halbe Schtunde
auf Sie. Herzer un der Birgemeester sin schon voraus – mir wollen
enne Bardieh machen.« Dabei will er mich unter'n Arm fassen, tritt
aber auf eemal zurück un sagt: »Mensch, wo haben Sie die feine
Fassong her? Ich habe Sie schon die ganze Zeit bei Dische drauf
angesehn.« Nu, ich lache un sage: »Den Anzug hat Schneider Kinzel
gemacht – hibsch is er, das is wahr, nur e bißchen dicke, mer
schwitzt Sie e bißchen sehre drinne.« Da lacht er bletzlich un sagt:
»*Aber der Esel hat Ihnen die Hosenbeene unegal gemacht – Das eene is ja
bedeitend länger wie das andere!*« »Was,« sag ich ganz beschtirzt,
»immer noch! Ich hab ja schon enn ganzen Zoll abgeschnitten, weil
mirsch der Birgemeester ooch sagte?!«

»Da hamm Se zu wenig abgeschnitten. Da muß wenigstens noch
e Zoll runter,« meent er un sieht sich ganz ernsthaft die Schtelle an.
»Nu, Kinzel soll mer aber wiederkommen,« sag ich, denn es fuchste
mich doch eklich – »ei, Deifel! bei den will ich gleich wieder was
bestell'n!« – »Na dadurch woll'n mir uns in unsrer Bardieh nich
stören lassen,« sagt der Assessor, »kommen Se, Herr Dietchen! Sie
schneiden sich das heite Abend ab un damit is die Geschichte abgemacht.«

»Na, mir machen da enne hibsche Bardieh und wie ich abends in
mei Loschie komme, schneid 'ch noch en Zoll rund rum um's rechte
Hosenbeen ab un schicke de Hose wieder zu meiner Wirtin nunter.
Frih, wie ich noch in Bette liege, bringt se mir 's Mädchen geseimt
wieder, ich ziehe mich fix an un gehe auf de Bromenade. Da seh ich
ooch schon den Birgemeester un den Assessor un Herzern beisam-
menschtehn un die wollen sich dodtlachen, wie ich auf se zukom-
me, so daß ich sage: »Was giebts denne? Was hamm se denn so
Lächerliches?« Un der Birgemeester faßt mich untern Arm un lacht
in eene fort, daß 'n de Drähnen in de Oogen kommen und sagt end-

lich: der Assessor hätte so enne komische Geschichte erzählt, un dabei fangen se alle drei wieder an zu lachen, daß 'ch endlich ooch mitlache un frage, was das fir enne Geschichte wäre. Die wirden se mir schon emal bei Gelegenheit erzählen, sagt der Assessor un kann gar nich aus'n Lachen kommen, »aber jetzt wollen mer gemeinschaftlich Brunnen trinken;« un damit gehn mer in de Brunnenhalle. Sehnse, un wie mer danein kommen, da fangen Sie de Gäste alle zu lachen an und de Brunnenmamsell, die mer meinen Becher bringt, die lacht mer geradezu ins Gesicht, daß 'ch mich umdrehe, weil ich denke, 's is hinter mir was Lächerliches. Un wie ich dann in der Halle auf un ab gehe, da schteht Sie der Aufseher nich weit von mir, der lacht ooch, un den frag' ich ganz freindlich: »Heernse, weshalb lachen denn de Leite alle so?« – »Ach,« sagt er un lacht in ganzen Gesichte – ich hab'n hernach kee Drinkgeld gegeben, wie ich de Gemeinheit raus gekriegt hatte – »'s hat sich vorhin e Affe sehen lassen!«

»E Affe?« sag' ich – denn fer Diere hab 'ch mich immer sehre interessiert – »sehnse mal, i den hätt' ich ooch gerne gesehn.«

»Den kennen se noch seh 'n,« sagt der infamichte Kerl un grinst mich an: »Morgen frieh kommt er wieder.«

Na, ich gehe in mei Loschie un wie ich in meine Schtube komme, da schteht's Dienstmädchen un reimt grade auf, un wie se mich sieht, da fängt se, Gott Schtrambach! ooch zu lachen an. »Nu,« sag ich, »Sie hamm wohl ooch den Affen gesehn!« Da lacht se aber noch stärker, so daß se sich setzen muß un kreischt: »Aber Herr Dietchen, was hamm Sie denn fer enne Hose an?«

Heernse! Un da steh' ich grade vor den großen Spiegel un wie ich 'nein sehe, da denk 'ch doch, mich soll der Schlag rihren – *da is Sie mei rechtes Hosenbeen enne ganze Hand breit kürzer wie's linke* – un da fällt mersch auf eemal wie Schubben von den Augen, daß mich die Kerle zum besten gehabt haben! Sehnse un da bin ich Sie aber so wietig geworden, daß 's Dienstmädchen ordentlich zitterte, wie ich 'r zuschrie, se sollte 's Zimmer verlassen, ich müßte mich umziehn! Hernach hab 'ch de Hose zum Schneider geschickt, ich ließ 'n bitten, de Hosenbeene egal zu machen, aber wie ich se den andern Tag wiederkriegte, sehnse, da war se so kurz geworden, daß se nich bis an de Schtiefeletten ging un daß 'ch so lange ich noch in Karlsbad war, in der alten Hose rumloofen mußte! Mit 'n Birgemeester un den Assessor un Herzern hab ^ch aber kee Wort wieder geschbrochen un wie mich der freche Kerl der Assessor mal anredte un meente, ich hätte 's falsche Hosenbeen abgeschnitten, da hab 'ch *gar nischt gesagt* un hab 'n bloß angeguckt – heernse angeguckt, wie ich Sie noch keenen Menschen angeguckt habe, daß er ooch auf der Schtelle wie begossen weggegangen is. Das hatten se fer ihre Gemeinheit! – Aber seitdem, wissen Se, Gottstrambach, kann mich der Name ›Karlsbad‹ allemal ordentlich in de Wolle bringen. Gottstrambach, noch eens; ich darf Sie gar nich dran denken!«

2. De Festrede.

Wer enne Rede halten will vor enner greßern Versammlung, der muß Sie vors Erschte enne große Kaltblidigkeit besitzen, Ruhe, enne geheerige Ruhe, die dorch nichts nich erschwert wird. Das is de Haubtsache. Das Ibrige find't sich von ganz alleene. Wemmer Ruhe hat in den Momente wo mer schbrechen soll, hernach gehts wie geschmiert, un wemmer vorher noch so sehre gezittert un gebewwert hätte. Mir is es e Mal bassiert, daß 'ch so mirnischt dirnischt ganz uhnvermutet ohne alle Vorbereitung vor e baar dausend Menschen schbrechen mußte, aber 's is mir geglickt, weil ich Sie ähm von Nadur sehre kaltblidig veranschlagt bin.

Das war noch unter'n hochseligen Kenig Friedrich August den Gerechten. Zu där Zeit hatten mir in Oschatz enne große Schitzengesellschaft gegrindet und ich war Sie enner der Erschten drunter. Ich schoß wie e Herrgöttchen un kriegte immer de hechsten Breiser. 's dauerte ooch nich lange, da war ich Schitzenhaubtmann. – E Vierteljahr, nachdem ich meine Stelle ahngetreten hatte, kam Seine Majestät der Kenig nach Oschatz un weil grade Schitzenfest war, hatte er de Gnade, e Schtindchen dran deilzunehmen. Er schoß ooch emal eigenhändig, traf Sie aber nischt, was ooch ganz nadierlich war, weil Herzer-Gottlieb, der fer ihn de Bichse laden durfte, aus lauter Verwirrung iwer de große Gnade, vergessen hatte, enne Kugel nein zu schtecken – er hat's hernach eingeschtanden, aber 's wurde ihm nischt derfir gedahn.

Se kennen sich denken, daß mir uns dorch diesen Besuch auf's Heechste geehrt fihlen dahten, un in der nächsten Schitzenversammlung, wo mer gerade nischt anderes zu duhn hatten, da wurde Sie einschtimmig beschlossen, den scheenen Moment dorch e *Denkmal* zu verewigen, was an derselben Schtelle aufgestellt werden sollte, wo Seine Majestät der Keenig eigenhändig de Bichse abgeschossen hatte, in der hernach keene Kugel nich drinne war. Es war nur noch de Frage, *woraus* das Monnement beschtehen sollte. De meisten schtimmten fir enn eefachen Schteen, von wegen der Billigkeit; aber da muckte ich auf un sagte: e bloßer Schteen thät's hier nich, enne *Biste* wäre 's Wenigste, was mer duhn kennten, se kennte ja von Gußeisen sein un daderzu langte de Kasse allemal.

Das sahen se denn ooch ein un de Biste wurde bei enn Bildhauer beschtellt, der damals in Oschatz wohnte. Der meselte Sie da enne Biste, die uns allen sehre gefiel, weil der Kenig sehre ähnlich d'rauf aussah. Hernach wurde se in Lauchhammer gegossen. Der Rats-zimmermeester machte enn helzernen Sockel derzu, un marmorier-te den scheen grien un weiß, daß er ganz wie nadierlicher Granit aussah. Darauf wurde denn de Biste geschtellt un das Ganze mit enn verschließbaren Gitter umgeben, daß keener den Sockel ahnfas-sen konnte, weil mersch sonst leicht rausgekriegt hätte, daß es kee echter Granit nich war. Se meenten damals, es sähe beinah aus, als wenn e Feierriepel aus enner Esse guckte, weil nämlich der Sockel e bißchen lang un e bißchen dinne geraten un der Kopp e bißchen sehre schwarz in Guß ausgefallen war. Aber wemmersch nich gera-de dadrauf ansah, da dachte kee Mensch an so was – mir is es nie-mals nich so vorgekommen.

Na, wie nu alles an Ort un Schtelle aufgestellt worden war – enne Breterbude drumrum, das mersch vor der Hand nich sehen konnte – da wurde e Dag festgesetzt, an den das Monnement feierlich ent-hillt werden sollte. Mir hatten uns das so gedacht: zuerscht hatte der Rektor von der Realschule, der ooch Schitze war, enne Rede iber de Bedeitung des Dages zu halten. Hernach sollte das Monnement von der Schitzengesellschaft feierlich der Schtadt iwergeben wer-den, damit die 's von nun an gegen Veruhnreinigungen u. dgl. in Schutz nähme. Hierbei war enne Ahnschbrache an den Birgemees-ter zu halten, un diesen, gleichsam als Simmbohl der Iwergabe, der Gitterschlissel auszuhändigen. Als Schbrecher hatten mir Schitzen den Advokaten Schimmelmann gewählt. Aber 's sollte andersch kommen! Den Abend vor den Feste kriegte nämlich Schimmelmann de Nachricht, daß er den andern Dag zu enn wicht'gen Dermin kommen mißte, un reiste gleich ab. De Wahl fiel nu auf'n Brofesser Hickediehr von der Gewerbeschule, zu den ich vor meinen Deil von Ahnfang an kee rechtes Zutrauen hatte, was ooch ganz richtig war, wie ich Sie erzählen werde.

Gleich nach der Ahnschbrache, sowie der Schlissel iwergeben war, sollte de Musik Dusch blasen, de Hille fallen un de ganze Ver-sammlung sang dann »den Kenig segne Gott« u. s. w.

So hatten wir uns das ausgedacht, aber beinahe wärsch schief gegangen.

Sie kennen sich leicht denken, daß an *den* Dag de ganze Schtadt auf den Beinen war. Frih wurde in eenefort gedrommelt un geblasen, bis Zehne rankam, hernach arrangschierte sich der Festzug. Vorneweg mir Schitzen in den guten Ahnziegen un mit blankgebutzten Bichsen, ich nadierlich an der Schbitze mit meinen Ehrendegen, den mir de Gesellschaft geschenkt hatte, wie ich auf'n Leipz'ger Schitzenfest beinah den erschten Breis gewonnen hätte. Hinter uns Schitzen kam der Birgemeester, dann de Schtadträte un de Stadtverordneten, hernach de Zinfte mit ihren Handwerkszeichen un zuletzt de sämtlichen Schulen. So marschierten mir unter voller Musik auf den Schießblatz und schtellten uns im Kreise um das verhillte Monnement auf. De Breterbude war Sie nämlich weggenommen un dadervor enne scheene Leinwandhille driber gedeckt worden. Ich seh se noch – se war e bißchen sehre groß ausgefallen – de Leite sagten hernach: erscht hätten se gedacht, 's wär e Reiterschtandbild drunter, un dann hätte so e kleener Kopp dageschtanden – das war nu so e eefältiges Gerede – ich kann Sie versichern, das Ding sah Sie sehre großartig aus!

Wie nu alles schtille geworden war, da fing Sie der Rektor seine Redebäwe an. Er schbrach e bißchen sehre wissenschaftlich, e bißchen ausgedehnt, un erzählte wersch Bulver erfunden hätte un wer der erschte Schitze gewesen wär un dgl., so daß eegentlich niemand nich recht draufheerte. Wie er nu so enne gute halbe Schtunde geschbrochen haben mochte – ich hatte schon e baar Mal nach'n Brofesser ausgesehn, denn der kam nach'n Rektor d'ran, ich sah'n aber nirgends – heernse! da drängte sich auf eemal der Bichsenmacher Hensel zu mir dorch, sah ganz bleich un aufgeregt aus und flisterte mir in's Ohr: »Der Brofesser is ohnmächtig geworden, ähm hamm s'n fortgeschafft. Kommen Se schnell, Herr Dietchen, *Sie* missen jetzt de Anschbrache halten, Sie sein der Eenzige, der sich d'rauf verschteht, mir verlassen uns auf Sie!« Un damit zog er mich hastenichgesehn dorch de Menschenmenge, daß mer im Handumdrehn beim Birgemeester schtanden.

Na, ich war Sie doch e bißchen erschrocken, denn so was, wissen Se, kann jeden aufregen; aber ich faßt mich gleich wieder, un wie nu de Herren vom Festkomitee alle auf mich zukamen un meenten: ich sollte ihnen doch ja den Gefallen duhn un sollte se um Gottes willen nich sitzen lassen – da kriegt ich Sie auf eemal enne härrliche Ruhe un sagte: »Meine Herren,« sagt 'ch, »ich halte Ihnen die Rede, verlassen Se sich drauf, ich bin nich unbekennt mit der Sache.«

Gerade in den Oogenblicke war der Rektor mit seiner Rede alle geworden. Der Bichsenmacher Hensel reichte mer noch schnell e Kästchen un flisterte mir zu: »Da is der Schlissel drinne, das hamm Se zu iwergeben!« Un dann trat 'ch auf de Dribine, vor den Birgemeester un de Schtadträte. Rundrum standen Sie Dausende von Menschen un reckten de Köppe in de Heh, um mich besser sehen zu kennen, un wie ich mich nu reischberte un enne Bosidur annahm, da wurde Sie's so schtille, daß mer hätte kennen e Heiferd huppen heeren, dann trat 'ch noch enn Schritt vor un sagte laut: »*Hochgeehrter Herr Birgemeester! Es is Sie e uhngewehnlicher Umstand, um dessentwegen daß ich vor Ihnen trete: Der Eene hat verreisen missen un der Andere is vor Ihren Augen umgefallen. An ihrerSchtelle –*« un damit knibbste ich das Kästchen auf, um den Schlissel 'rauszuholen – Gott straf mich! – **da lag Sie kee Schlissel drinne!!!** Meinen Schreck kennen Se sich denken! – Aber nur enn Oogenblick – dann kam mir meine angeborene Kaltblidigkeit wieder. Ich daht so, als wenn ich mich bloß hätte iwerzeigen wollen, daß der Schlissel drinne läge, klappte das Kästchen wieder zu, reichte 's dem Birgemeester un sagte: »*An ihrer Schtelle ibergebe **ich** Sie den Schlissel! Ich lass'n in den Kästchen liegen! Heben S'n gut auf, verlieren S'n nich un schitzen Se das scheene Mcnnement!*«

Da blies de Musik Dusch un de Hille fiel – – Aber nu kam alles auf mich zugeschtirzt un machte mir Kombelmente, un de Herren vom Festkomitee, die schittelten mer in eenefort de Hände un sagten: mit so e baar Worten so viel zu sagen, das kennte Keener weiter nich, un so 'ne Ruhe wär' ihnen noch nich vorgekommen u. dgl. Der eefältige Brofesser, der hat hernach gemeent: es hätte sich nich gebaßt, daß ich das Kästchen aufgemacht hätte, ich hätt's missen uhneröffnet iwergeben – als wenn ich das vorher hätte wissen kennen, daß kee Schlissel drinne lag! 's war ooch bloß Neid von dem Menschen, 's hieß: es wäre von der Hitze, daß er umgefallen wäre, aber ich weeß es besser: *Angst* warsch, er getraute sich nich, so eene wichtige Rede zu halten! – 's is ooch keene Kleenigkeet. *Eemal* bringt mer so was fertig, aber e *zweetes* Mal mecht ich die Rede nich halten, ei Deifel nee! Nich um e Finfneigroschenstickchen! Gottschtrambach!

3. 's Astloch.

Ich sitze Sie eenes Dages in meinem Zimmer un mache mir Umschläge mit Kamillendee, denn ich hatte ä großes Gerschtenkorn an linken Ooge – da kloppt's mit eemal an de Diere, un e feingekleideter fremder Herre tritt herein. »Ich schteere doch nich, Herr Dietchen?« sagt er un macht mir ä Kombelment. »Dorchaus nich,« sag' ich heeflich, awer ä bißchen verwundert, denn ich kannt'n wie gesagt nich, »mit wem hawe ich das Vergniegen?« – »Mei Name is Weizmiller, Weinreisender,« sagt er mit ä neien Kombelment, »ich hawe de Ehre, im Namen der Firma Blauschmeyer & Co. in Wirzburg mich nach Ihren Bedarfe zu erkundigen.« –»Sehre freindlich von die Leite,« sag' ich, »awer 's dhut mer leid, Herr Weizmiller, ich drinke Sie gar keenen Wein, weil mir von Weine immer so dott'ch in Koppe werd.« – »Das därfte wohl schwerlich von Weine kommen,« sagt er un lacht, »ich gloobe, Herr Dietchen, Sie hamm da ä Vorurteil. Wenn Sie geschtatten, sende ich Sie ä Brobekistchen mit zwelf Flaschen – Sie sollen nischt derfir bezahlen, denn ich weeß, daß Sie dernach beschtellen werden.«

Na, ich denke: der muß seiner Sache doch sehre sicher sein, un weil eene Gefälligkeit der andern wert is, sag' ich: »Sehre gitig von Sie, Herr Weizmiller! Woll'n Se nich ä Weilchen Blatz nehmen? vielleicht ä Däßchen Kaffee gefällig?« Un damit hol' ich de Kanne aus der Ofenrehre. »Wenn Sie erlauwen, bin ich so frei,« sagt er un setzt sich, legt seinen Hut beiseite un macht sich iwer'n Kaffee her. »Sie wohnen hier werklich ganz reizend, Herr Dietchen,« sagt er, »diese idyllische Lage mitten in Gärten un doch ganz nahe bei der Schtadt, un diese scheene Ruhe in Hause – Ihre Mitbewohner missen sehr schtille Leite sein!« – Na, ich lache un sage: »Das is keene Kunst,« sag' ich, »denn ich wohne Sie ganz alleene in den Hause, 's is mei eignes Haus, un hierher kommt den ganzen Dag keene Menschenseele nich, heechstens frih auf ä baar Schtindchen de Aufwartung.« – »So,« sagt er, »ja, Sie sein zu beneiden, Herr Dietchen! Wär'sch ooch so hawen kennte!« – Na, mir schbrechen in där Art noch so ä Weilchen miteenander, un weil er sieht, wie ich ab un zu änn Umschlag auf mei Auge lege, sagt er endlich: »Sein Sie augenleidend, Herr Dietchen?« – »Nur ä Gerschtenkorn,« sag' ich, »ich leide heifig dran.« – »Ä Gerschtenkorn?« sagt er un guckt mich bletzlich sehre aufmerksam an, »heernse, das vernachlässigen Se ja nich. Un da giebt's ja ooch ä ganz sicheres Mittel dergegen; 's is freilich ä simbadetisches. Glauwen Sie an Simbadie, Herr Dietchen?« – »Ei ja freilich,« sag ich. »Awer was wäre denn das fir ä Mittel?« denn ich war Sie neigierig geworden. »Sie missen dorch ä *Astloch* sehen,« sagt er. »Dorch ä *Astloch*,« sag' ich, »nu sehn Se mal an! Awer sagen Se, Herr Weizmiller, wie macht mer denn das?« – »Das is sehre eefach,« sagt er un lacht, »mer guckt ähm dorch!« – »Ja,« sag' ich »awer woher gleich ä Astloch kriegen?« – »Das wär'sch Wenigste,« meent er, »Sie wern doch gewiß ä Bret oder so was hamm; oder warten Sie, Herr Dietchen, besitzen Sie vielleicht änn Schtiefelknecht?« – »Zwee fir eenen!« sag' ich un loofe geschwind in de Kammer un bring se reingeschleppt. »Na, sehnse, Herr Dietchen,« sagt er, »der Eene hat ja änn ganz hibschen Ast; wenn Se wollen, schlag ich 'n 'raus, un Sie machen dann gleich das Exberimend – in zehn Minuten is die Sache abgemacht, un Sie sein Ihr Gerschtenkorn los. 's fragt sich nur, ob Sie den Schtiefelknecht dranwenden wollen?« – »Nu, das versteht sich, mit den greeßten Vergniegen,« sag' ich, »was liegt mer da dran, wenn nur der Schmerz in Ooge vergeht. Nee, 's is werklich zu freindlich von Sie, daß Se sich ooch noch *die* Miehe nehmen wollen, Herr Weizmiller. Soll ich änn Hammer holen, oder lieber änn Meeßel oder brauchen Se alles Beedes?« – »Beides nich,« sagt er, un eens, zwee, drei – hat er ooch schon mit seinen Taschenmesser den Ast rausgekloppt. »So,« sagt er, »nu treten Se an's Fenster, Herr Dietchen, halten Se den Stiefelknecht gegen's Licht und blicken Se unverwandt zehn Minuten lang dorch. Schbrechen kenn Se, soviel Se sollen, nur nadierlich nich wo andersch hinseh'n.«

»Das is ja grade wie bei'n Fotografieren,« sag' ich un lache noch. »Beinahe so,« schbricht er un lacht ooch. »Un nu kennen Se anfangen, Herr Dietchen, ich werde jetzt nach der Uhr seh'n.« – »Deifel,« sagt er auf eemal, »nu is die gerade schtehen geblieben. Das is doch fatal, Herr Dietchen. Was machen mer nu? – zehn Minuten missen's genau sein, sonst hilft das Mittel nischt.« – »Nu da nehmen Se meine,« sag' ich, »das is doch sehre eefach. *Die* Uhr, die geht Sie auf de Sekunde, warten Se,« sag' ich, un damit will ich de goldne Kette abhäkeln. »Wenden Se den Blick nich ab,« schreit er, »Sie missen egal dorch's Astloch sehen, sonst wirkt's nich. Bleiben Se ruhig schtehen, ich werde Sie die Uhr abnehmen.« Un damit langt er mit der Hand in meine Westentasche un nimmt mir de Uhr ab, un ich bedanke mich noch bei'n. »Jetzt nur recht ruhig dorchseh'n, Herr Dietchen,« sagt er, un ich heere, wie er wieder an den Disch geht un sich hinsetzt. Ich gucke Sie egal auf eenen Fleck dorch's Astloch, un wie ich nach 'ner Weile heere, daß er mit'n Leffel an der Dasse klappert, sag' ich: »Schenken Se sich nur noch ä Däßchen ein, Herr Weizmiller.« – »Na, ich bin so frei!« schbricht er un lacht. – »Herr Dietchen, Sie fihren änne feine Bohne, ei Greiz, Ihr Kaffee is gut,« sagt er nach änner Weile. »Schon *vier* Minuten!« Auf eemal is mir'sch, als wenn an der Dierklinke gedrickt wirde. »Heerten Sie nischt?« sag 'ch, »'s war mir doch, als wenn was an der Diere wäre.« – »Ich hawe nischt geheert,« sagte Herr Weizmiller, »awer ich werde gleich 'mal nachseh'n.« Damit macht er de Diere auf un sagt: Es is niemand, Herr Dietchen!« un schlägt de Diere wieder zu. Gleich drauf awer heer ich ganz deitlich, wie der Schlissel im Schloß rumgedreht wird. »Was is das?« denk ich. »Herr Weizmiller, es scheint doch jemand draußen zu sein.« Keene Antwort. »Herr Weizmiller,« sag' ich nochmals, »mechten Se nich ämal nachsehn?« Wieder keene Antwort. Nu konnte ich 's awer nich mehr aushalten, un ich drehe mich um. Gott Schtrambach – da is Sie kee Mensch nich im Zimmer! – – »Herrjeses, meine goldne Uhr!« is mei erschter Gedanke, un damit loofe ich nach der Diere – ja Kuchen, die is Sie fest verschlossen. Ich schbringe an's Fenster, reiß es auf un brille: »Hilfe! Diebe! Märder!« Ich schbringe wieder an de Diere, rittle dran un schreie wie ä Ochse: »Gewalt! Zu Hilfe, Zu Hilfe!« – Da sagt auf eemal draußen änne Schtimme, in der ich den niederträchtigen Kerl, den Weizmiller erkannte: – »Was schreien Se so, Herr Dietchen? Sehn Se lieber noch ä Weilchen dorch's Astloch – die zehn Minuten sein noch nich um!« – »Gemeiner Schbitzbube,« brill ich – – Sehnse, da lacht der Schwitjeh noch so heimdickisch un schbricht: »Wenn Se wieder ä mal ä Gerschtenkorn hamm sollten, da schreiwen Se nur nach Wirzburg – die Firma kennen Se ja jetzt. Ich empfehle mich Ihnen, Herr Dietchen!«

Na, meine Wut will ich Sie nich beschreiwen! Ä Glick war noch, daß nach drei Schtunden der Briefträger kam, sonst hätt'ch vielleicht bis zum andern Morgen brillen kennen. Awer meine goldne Uhr mit der goldnen Kette, un mei Bortmanneh, das mir der Kerl aus der Dasche gemaust hatte, un die zwee silbernen Kaffeeleffel, un meinen Hut un meinen Iwerzieher, die in der Stube gehangen hatten, hawe ich im Läwen nich wiedergesehen, denn mit der Firma da warsch ä Schwindel gewesen – ä Blauschmeyer existierte in Wirzburg gar nich!

4. 's große Los.

Mit'n großen Los is mirsch eemal eegendiehmlich gegangen. Das lassen Se sich erzählen, meine Herren! – Ich gehe eenes Abends ä Stickchen auf der Schosseh schbazieren, da kommt Nachbarsch Fritze angeloofen un brillt schon von Weiten: »Herr Dietchen! Herr Dietchen! Sie sollen gleich nach Hause kommen, der Kollekdehr Uhmann is da – Sie hamm's große Los gewonnen!«

Schwerebrett, ich, in meiner Freede, schenk'n ä Finfneigroschenschtickchen un hetze wie verrickt derheeme. Wie ich hinkomme – is kee Kollekdehr nich da un iberhaubt kee Wort nich wahr an der Geschichte. Hatte sich der eefält'ge Schtaar enn gemeinen Schbaß mit mir gemacht! – Na, dich krieg' ich schon eemal, denk ich bei mir, un richt'g! Ä baar Dage drauf, wie ich gerade bei Binkerten ä Schtehdebbchen drinke, kommt doch mei Fritze wieder auf mich zugeschterzt un ruft: »Herr Dietchen, loofen Se geschwinde nach Hause – Ihre Schwiegermutter hat der Schlag gerihrt!«

»So,« sag ich, un kriege den Mosjeh beim Schlaffittchen zu fassen, »also ich soll nach Hause kommen. Scheen, mei Jingelchen! Ich *werde* jetzt nach Hause geh'n. Awer *du* kommst mit – verschtehste. 's kennte wieder wie mit 'n großen Lose sein!« – Un damit back'ch 'n bei den Schweinsohren un nähm'n mit mir. Awer wie mer nach Hause kamen, warsch werklich so: de Schwiegermutter – hatte der Schlag gerihrt. Na, un da hab'ch'n ooch weiter nischt gedahn: »'s is dei Glick, Fritze,« sagt'ch. »Wenn's nich wahr gewesen wäre, hättst'e ä baar Geheerige hinter de Leffel gekriegt!«

5. De scheenste Nacht meines Läwens.

Aufs erschte deitsche Schitzenfest anno eenensechz'g in Gotha werd sich mancher von Sie noch besinn kenn. Auf den Feste hawe ich de scheenste Nacht meines Läwens erläbt. Das lassen Se sich erzähl'n, meine Herrn!

's war an ä wunderhibschen Junitage, – an ä Montag, ich weeß es noch wie heite. Meine Frau hatte große Wäsche un war froh, daß 'ch fortmachte. – Da rickten mir, zehn Mann hoch, von Oschatz aus: ich, damals Haubtmann, Herzer Gottlieb als mei Adjetande un noch acht Mann von der Kombanieh. Das war änne fidele Fahrt, meine Herrn, ei du liebe Zeit! Schon unterwegs gab's auf jeder Schtazjohn ä Heidendehbs, wenn de Leite uns zu Gesicht kriegten. Awer ärscht wie mer in Gotha einfuhren, heeren Se, da konnte mer von däm Hurrarufen, dän Gejuwel un Vivatschreien reene taub wärn! Kaum ausschteigen ließen se een! Alle wollten se uns umärmeln un abschmatzen un besonders de Weibsbilder, die waren wie aus'n Heischen! Na, 's gab welche drunter, nich von Babbe, von denen konnte mer sich das schon gefallen lassen, aber de mehrschten waren schon iewer de erschten Kinderfreiden naus, un das waren gerade de verricktesten! Herzer-Gottlieben, dän hatten ä baar Festjungfrauen von ä verz'g, fufz'g Jährchen so in der Mache, daß'ch'n kaum loseisen konnte.

Wie mer dän Schturm glicklich iewerschtanden hatten, ging's ins Loschierbieroh, Gottlieb un ich kamen ins gleiche Quartier, zu änn Herrn von Quietschdorf. Där hatte Anno Dobak in Oschatz gelägen un wollte sich nu, weil's'n dort sehr gefallen hatte, rewangschirn.

Na, mir gaben änn Dienstmann meine Reesetasche, daß er se in de Wohnung schaffte, un dann ging's, Gewehr iewer! direktemang auf de Festwiese naus.

Na, das bißchen Skandal dort – ei du gerechter Schtrohsack! Bei jeden Schitzenzuge, der de anmarschiert kam, brillte allemal 's ganze Empfangskomiteh: »Hurra!« un »Vivat hoch!« un dann ging's an's Gibben un Briederschaftmachen, daß een der Kopp werbelte! Aus jedem Zelte, an den mer voriewerkam, schrien se: »Hierher ihr Brieder!« un de Bierdebbchen flogen nur so in der Luft rum! Von Schießen war fer heite keene Rede nich. Egal essen un trinken und trinken un essen – so ging's den ganzen Tag bis zum Dunkelwärn. Abends um zehne war ich reene fert'g un so schtockheiser, daß 'ch kaum giebsen konnte. »Du,« sagt 'ch zu Herzer-Gottlieben, »jetzt mach' mer awer, daß mer heemkomm'!« Ja, das war balde gesagt, awer nu hieß es: ärscht de Wohnung von den Herrn von Quietsch-dorf finden. Un das war in där Verfassung keene Kleenigkeit! Wo mer alles rumgerennt sinn, eh mer das Haus ergatterten, das weeß'ch heite noch nich, awer das weeß'ch, daß mer nach änner halben Schtunde wieder auf'n Festplatze ankamen un nu von neien auf de Suche gehen mußten un daß'ch meinen Schepfer dankte, als mer endlich vor den richt'gen Hause schtanden, ich war miede zum Umfallen!

Awer, sehnse, de Miedigkeit war doch wie wäckgeblasen, wie auf unser Klingeln nu de Hausdier mit enn Ruck aufsprang un ä Schti-cker sechs Bediente in himmelblauer Liwreh vor uns schtanden und egal dienerten un uns bekombelmentierten: »was den Herrn gefällig wäre, ob de Herrn vielleicht zu speisen winschten oder ob de Herrn gleich zu Bett zu gehn vorzeegen« un dergleichen feine Redensarten – kurz, als wenn Herzer-Gottlieb ä Graf un ich ä Färscht gewesen wäre. Na, mir sagten denn nu, daß mer uns am liebsten gleich in de Falle legen wirden, wodrauf denn so ä Lakai mit änn silwernen Leichter wie ä Eechhernchen vornewäck hibbte un uns heeflich ersuchte, daß m'r'n folgen mechten.

Ich hatte gerade noch Zeit, Herzer-Gottlieben, der mächt'g ange-rissen war, ä Gunks zu gäwen un'n zuzeflistern: »Dhu de Babbel aus'n Maule!« – denn der hatte sich doch weeß knebbchen enne frische angeschteckt – in *dän* Lokale! – da riß ooch schon der Kam-merdiener enne Diere auf un sagte: »Das Schlafzimmer der Herrn! Ich winsche den Herrn enne wohlschlafende Nacht.«

Heernse – ich denke, der Affe beißt mich, wie ich daneinträte!
Was mer so von Schlessern heert, das war Sie, weeß der Härre, der
reene Kiehn d'rgegen! Von den Glanz, da kann sich keener von Sie
ooch nur eine Vorschtellung machen: alles Seide un Gold un Gold
un Seide, daß es nur so blitzerte und glitzerte, Spiegel von'n Fußboden bis an die Decke, zehn Ehlen hoch, un Stiehle un Tische von
allen Greeßen un Fermern, 's ganze Zimmer ee Debbch, in den mer
einsank wie in Flaumkuchen, ä Kronleichter wie in'n Dräs'ner Dea-
ter un auf enn Disch noch extra zwee silwerne Leichter mit sechs,
heernse! sechs brennenden Lichtern, 's reene Wachs, Gott straf mich,

zwee Finger dick! Awer 's allerscheenste war ä kolossales Himmelbette, ganz von feierroter Seide und von enner Greeße, daß bequem ä baar Familichen drinnen hätten iewernachten kenn – enne Bracht, sag ich Sie! So was hatt'ch in mein Leben noch nich gesehn un Herzer-Gottlieb erscht recht nich. Uns stand nur egal 's Maul offen, so bass waren m'r.

Na, 's ärschte war nu nadierlich, daß mer de Schtiebeln auszogen, denn mer mußte sich je fermlich schämen, mit dän Dräckdrambeln auf den härrlichen Debbch rumzelatschen. Hernach blies'n mer de Lichter aus bis auf zweee, denn 's kam uns doch wie änne Verschwändung vor: so viele Wachslichter bloß unsertwegen, un dann beguckten mer uns so recht gemiedlich un gonamore de scheenen Sachen, die in dän Saale rumherstanden.

Ei, verdanneboom! ich kennte schtundenlang erzähl'n, was es da alles gab: Waschbecken, wie de Badewannen groß, ä Marmorkamin von enner Greeße, daß mer enn Ochsen drinn hätte braten kenn und dadruf Vasen mit Schtreißern drei Ehlen hoch un als Haubtschtick enne goldne Schtutzuhr mit enner Landschaft auf'n Zifferblatte – ä butziges Dink! In där Landschaft, vorne an enn Deiche, saß enne Fraunsberson, die angelte, un wemmer an der drickte, da zog se enn Fisch aus'n Wasser un wenn se den Fisch rausgezogen hatte, nachher klingelte's – zum Dodtschießen! Mir hamm se wohl enne Vertelstnnde lang klingeln lassen. Awer zuletzt wurde mersch himmelangst, denn Herzer-Gottlieb hatte so viel dranrumgedrickt, daß se schließlich gar nich mehr angelte.

Na, wie mer uns nu mit'n Ansehn so ne rechte Giede gedahn hatten, hernach rickten mer uns ä jeder ä baar Schtiehle ran, zogen de Recke aus un machten uns zum Schlafen fert'g. Denn in das *seidne Bette neinlegen*, das gab's nadierlich nich, das schtand bei uns bombenfeste – 's wäre ja ooch enne Gemeinheit gewesen.

Herzer-Gottlieb lag schon, un ich hatte ähm 's Licht ausgeblasen, mich auf meine Schtiehle gelegt, mit mein Rocke zugedeckt un wollte ähm eindusseln, als es mit eemal unter unsern Fenstern losging: »Dschingda – dschingda – dschingdarada –« »Alle Bonnehr!« sagt'ch, »Gottlieb, das is ä Dusch, baß auf, se bringen uns was!« Un richt'g: die schbielten un schbielten da draußen ee Lied un ee Schtick nach'n andern, daß de Fenster wackelten. Jetzt besann ich

mich ooch, daß mer heite nachmittag der Vorsitzende von Empfangskomiteh, wie ich'n erzählen dhat, daß ich bei Herrn Quietschdorf loschierte, mit so enn eegenmerz'gen Lächeln gesagt hatte: »So,
so. Nu, heite nacht warn Se was erläwen.« Där wußte also ums Schtändchen!

Na, wie se nu vielleicht so ä Schticker zehn Schtickchen geschbielt
haben mochten, sagt'ch zu Herzern: »Du, mer missen uns eegentlich
ämal zeigen, wemmer ooch keene Rede halten, das schickt sich so.«
Herzer wollte awer nischt davon wissen un meente meeseldräht'g,
er wollte schlafen, ich kennte meinswegen zum Fenster naushubben, *er* rihrte sich nich von der Schtelle un wenn se mit Bellern schessen!

Na, ich schtand aber doch auf, ging ans Fenster un guckte mal
sachtchen naus, konnte Se awer gar nischt weiskriegen. Die mußten
sich sehr verschteckt aufgeschtellt hamm, um's recht heemlich zu
machen. Ich klappte also 's Fenster wieder zu un wickelte mich
wieder auf meinen Schtiehlen ein. Wie's awer ooch gar nich aufheeren wollte mit der Musik, heernse, da wär' ich Sie beinahe fast ooch
ä bißchen ungemiedlich geworden. Mit'n Schlafen warsch nu schon
lange vorbei un außerdem wurde mersch bei dän ewigen Gedeese
mit eemal wieder so hundemiserabel schlecht zu Mute – 's fing sich
bletzlich alles um mich rum an zu drehen – herrjeses, dacht'ch, 's
werd d'r doch nich etwa was Menschliches in dän scheenen
Loschier bassieren? »Gottlieb,« sagt'ch, denn ich fiehlte, daß mir der
Angstschweiß auf de Schterne trat, »Gottlieb, ich glooble, mir bassiert was« . . . – »Dir ooch?« sagte Herzer-Gottlieb und steehnte so
eegendiemlich, »bei mir – werd's gleich – losgehen« . . .

Das heern un aufspringen war bei mir eens! »Un das kannste
noch so ruhig sagen, Mensch, mer blamirn uns ja hier auf de scheißlichste Weise! Da muß Rat geschafft wärn – ei Greiz, ei Greiz! Zum
Fenster naus geht's nich, da werde 's Haus leiden. Gottlieb, besinne
dich, un warte noch ä bißchen, mer *missen* än Ausweg finden!«

Heernse, da kam m'r ä glicklicher Gedanke, den m'r der Himmel
eingegeben hamm mußte: ich hatte ja meine *Reesedasche!* Se war
zwar ganz nei, meine Frau hatte se mer vor vier Wochen zum Geburtstag geschtickt: enne wunderhibsche Katze war drauf, nach
en'n Bilde von'n Katzen- Flinzer – aber das war jetzt schnubbe, *die*

mußte herhalten. Fix de Hemden un de Kragen raus, Schtiebeln un Schtrimpe – so – nu da hatt'ch se ooch schon Herzer-Gottlieben iewer Kopp geschtilpt – un 's war de heechste Zeit, keen Oogenblick länger hätt'ch warten derfen! Un kaum, daß de Herzer-Gottlieb fert'g war, da ging's ooch mit mir los, denn so was, wissen Se, beschleinigt de Sache – – Na, de Reesedasche war jetzt vor de Katze, awer de Ehre war gerettet!

Na, mir krochen nu wieder auf unsere Schtiehle, de Musik hatte nu aufgeheert, awer mit'n Schlafen wollte's nischt mehr wärn. Kaum, daß mir ä bißchen eingenickt waren, da ging unten ä Gerumble un ä Gebumble los – das waren de Bauerwagen, die zu Marchte reingefahren kamen. Helle warsch ooch schon geworden un ä bißchen sehr kihle in Zimmer, mich schauerte 's, schlafen konnte mer doch nich mehr, ich schtand also auf un ging ä Schtickchen im Zimmer auf un nieder, denn ä bißchen schteif, wissen Se, war ich doch von dän Liegen auf'n Schtiehlen geworden. De Lähne, 's war so enne hohe, sehre scheene geschnitzte Lähne, hatte mich ä bißchen sehre in Greiz gedrickt un ä gewisser Kerperdeel war mer, mit Respekt zu sagen, eingeschlafen. Wie ich awer erscht ä Vertelstindchen rumgegangen war un ä baarmal so recht tief Atem geholt hatte, hernach gab sich's. Ich wusch mich nu vor allen Dingen, denn ich hatte änn Kopp wie ä Brummochse, kämmte mich, zog mein'n Rock an – alles ganz leise, um Herzern nich zu wecken, der wie ä Bär schnarchte.

Ich hatte vor, in aller Heemlichkeet mit meiner Reesedasche auszuricken, um die Geschichte erscht in Sicherheet zu bringen. Awer's Schicksal schbielt oft wunderlich! Wie ich so auf de Thier zugehe, um meine Schtiebeln reinzulangen, da kloppt's, un ä Lakai reicht ä Briefchen rein, das an mich adressiert war. *Meine Frau telegrafierte mer, se wäre sehre krank geworden, ich sollte auf der Schtelle heeme komm.*

Da warsch alle mit'n Vergniegen! Ich nahm meine Reesedasche in de Hand, sagte Herzern, daß'r mer meine Sachen nachschicken sollte, gab dän eenen Lakai, der mer eene Droschke holte, zwee Dahler Drinkgeld – weniger konnte mer anstandshalwer nich geben – un fuhr nach Oschatz.

So is es gekommen, meine Herren, daß ich von dän scheenen Feste eegentlich gar nischt zu sehn gekriegt habe un mich nich ämal bein Herrn von Quietschdorf habe bedanken kenn! Der eefält'ge Brofesser von der Gewerbeschule, Hickedier, der ooch mit in Gotha war, hat hernachens ausgeschbrengt: das Schtändchen, was mer gekriegt hätten, wäre gar keens gewesen, sondern nur änne Nachtbrowe von der dortgen Kabelle. Awer mer weeß ja, was mer von dän sein Gelawre zu halten hat! – Fer mich is un bleibt de Nacht in Gotha de scheenste Nacht meines Läwens.

6. Wie ich mit'n Keenig an eener Cigarre geroocht hawe.

's war 1836 oder 37, so in der Drehe rum (ich war dazemal Schitzenhaubtmann) – da kommt eenes scheenen Dags der Birgemeester Fiedler in mei Zimmer geschtärmt: »Dietchen – der Keenig kommt nach Oschatz!«

»Unsinn,« sag'ch. »Gar kee Unsinn,« meent er aufgeregt. »Ähm is von'n Hofmarschallamte de Nachricht eingedroffen, daß Seine Majestät iwermorgen Abend um Sechse nach Oschatz kommen un den *Schitzenhaus* ä Besuch abschtatten wirden.«

»Gott verdannebohm! Iwermorgen? Freitag? Da hammer ja Kegelabend? Was mach' mer da, Fiedler? Dän kenn' mer da doch nich abhalten.«

»Doch, doch,« meente der Birgemeester, »mer *missen* sogar. Denn in dän Schreiben von'n Hofmarschallamte werd ausdricklich gesagt, daß › *nischt am gewehnlichen Programm der Schitzengesellschaft geändert werden sollte*, indem daß Seine Majestät beabsichtigen, *ganz unerwartet* in der Gesellschaft zu erscheinen.‹«

Na, da war weiter nischt zu machen. Mer ließen wenigstens 's Lokal gleich scheiern un mit Sand bestreien, schafften ooch ä Fäßchen feines Dobbelbier an un wie's freitags Nachmittag Halbfimfe schlug, da schtanden mir, nein Mann hoch, in schwarzen Fracks un weißen Binden, ä Jeder de Esse in der Hand, fix un barad zur Bekombelmentierung Seiner Majestät.

Uff de Dafel hatte der Dischlermeester Beyer, wie allemal, ä scheen verzierten »Kamm« gemalt, der Lohgerber Pippig, mit der Kreide in der Hand, stand dernäwen und Herzer-Gottlieb, in weißen Handschuhen, hielt de Schbielkarten, um den Keenig gleich ziehen zu lassen, wenn er etwa geruhen wollte, ä bißchen mitzuduhn.

Finf Minuten nach Sechsen wurde de Dhiere aufgerissen – der Birgemeester hatte draußen auf der Lauer geschtanden – un gefolgt von ä Herrn in Civil – 's war ä Adjudande, wie mer schbäter heerten – trat der Keenig ein.

Wir schtanden wie de Mauern. »Guten Abend, meine Härrn,« sagte der Keenig.

»Guten Abend, Majestät!«

»Geruhen Majestät zu erlauben,« sagte der Birgemeester mit ä gewissen Aweck, denn der verstand sich auf so was! – »daß ich Ihnen die Härrn vorschtelle: Herr Schitzenhaubtmann Dietchen – Seine Majestät der Keenig, Herr Dischlermeister Beyer – Seine Majestät der Keenig, Herr Lohgerber Pippig – Seine Majestät der Keenig –«

»Schon gut, schon gut,« meente der Keenig lächelnd, gab Jeden der Reihe nach de Hand un eißerte dann gnädig, daß sich die Herrn in gar nischt nich steeren lassen mechten, mit ihrer Erlaubnis werde er sich an unsern Schbiele bedeiligen.

Nu gings also los. De Karten wurden gezogen, de Namen an de Dafel geschriewen un der Keenig litt's dorchaus nich, daß'n Pippig *zuerscht* anschrieb – nee, 's mußte ganz wie gewehnlich nach der Reihenfolge der Nummern gehen.

Ich muß hier einschalten, daß mir dazemal den »Kamm« beinah genau so schoben, wie heitzutage, nur mit dän Unterschiede, daß jeder bloß *eenen* Schubb hatte.

Heernse, wie nu de Erschten ihre Kugeln 'naus hatten, da wurde der Keenig immer gemiedlicher, ließ sich von seinem Adjudanden enne Cigarre gäwen un eißerte, mir sollten uns doch ja ooch eene anstecken, was mer uns ooch nich zweemal sagen ließen, un so wurde de Schtimmung immer fideler un animierter, bis se zuletzt so animiert war, daß mersch beinahe ä bißchen Angst wurde. – Jetzt kam Herzer-Gottlieb, der mit mir un den Keenig auf eener Seite un mei Vordermann war, an de Reihe un zwar in de Vollen, un schob sie doch, weeß der Härre, mit so än Dusel, daß bloß der »Keenig« un de rechte »Dande« schtehen blieben! Na, das war ä Juwel! »Das wärd Schur!« brillte Herzer. Aber Pippig, der zu der andern Bartei geheerte, schrie: »Ärscht abwarten – 's noch nich Feierabend!« Un Beyer grehlte dazwischen: »Immer druff uff de Brieder!«

Un wie ich nu vortrat un recht vorsichtig zielte, um de Schur ooch glicklich fert'g zu kriegen, da schreit doch der Kerl, der Bienert, um mich ärre zu machen: »Weg mit'n Keenig! Mir brauchen keenen – –«

Na, hier gab'n Herzer-Gottlieb glicklicherweise änn Ribbenschtoß, daß er'sch noch verschluckte, awer mich hatte das dumme Gebrille doch so errediert, daß meine Kugel ä Linschen ze viel nach links kam un – bumms! – schmiß se den »Keenig« um!

Heernse, ich zitterte an ganzen Kerper, so ärgerte ich mich, denn der Keenig schtand dichte hinter mir un hatte scharf aufgebaßt. »Keenigliche Majestät,« sagte ich, noch ganz in Rahsche, »nähm' Se's nich ungitig, da is, Gottstrambach, nur der Bienert dran schuld. Die hier kennen's bezeigen, daß ich bei so enner klaren »Schur« noch niemals den – Keenig umgeschmissen hawe, un nu muß mer das gerade heide bassieren, wo Sie derbei sein – nee, das is doch so fatal –!«

»Lassen Se's gut sinn, lieber Dietchen,« meente der Keenig leitseelig, legte sei Cigarrenende auf'n Disch – denn er war jetzt an Schieben – un schtellte sich an's Brett, wo'n alles ehrerbietig Blatz machte.

Er zielte sehre lange un – holte weeßknebbchen de rechte Dante weg!

Wie er nu, noch ganz schtols un glicklich nach seinen Cigarrenendchen greifen wollte, kriegte er *meinen* Stummel zu fassen, den ich ooch dahin gelegt hatte – ich kannt'n ganz genau, weil ich de Cigarre immer ä bißchen sehre zerketsche – un schtäckte dän, Gottverdanzig, in Mund!

»Herrjeses!« rief ich erschrocken. »Majestät haben aus Versehen *meine* Cigarre –«

Na, der Keenig schmiß den Stummel weg, schbuckte enne ganze Weile un sagte zweimal: »Fui Deifel!« – denn nadierlich, so was is ekelhaft.

Awer ich faßte mich gleich, trat auf'n Keenig zu un sagt: »Mit Eirer Majestät Erlaubnis werde ich mir die Cigarre« – un damit hob ich den Stummel auf – »*die Eure Majestät mit mir zusammen zu rauchen geruht haben*, zum ewigen Andenken aufbewahren.«

Da lächelte der Keenig iewer'sch ganze Gesicht, un wenn er ooch noch ä bißchen schbuckte, so fiegte er doch gnädig hinzu: »Schon gut, lieber Dietchen. Erhalten Se sich Ihre lokale Gesinnung un ich werde schtets Ihr gnädiger Keenig sinn.«

Hernach awer litt's'n doch nich mehr lange. Ä baar Minuten drauf winkte er sein Adjedanten, der fix de Hiete holte, schittelte den Birgemeester de Hand, un mit den Worten: »Adjeh, meine Härrn! Das war ä vergniegter Abend!« verließ er mit sein'n Begleiter 's Lokal.

Den Stummel awer kenn Se bei mir zu Hause unter Glas un Rahmen sähn.

Ende.

Über tredition

Eigenes Buch veröffentlichen

tredition wurde 2006 in Hamburg gegründet und hat seither mehrere tausend Buchtitel veröffentlicht. Autoren veröffentlichen in wenigen leichten Schritten gedruckte Bücher, e-Books und audio-Books. tredition hat das Ziel, die beste und fairste Veröffentlichungsmöglichkeit für Autoren zu bieten.

tredition wurde mit der Erkenntnis gegründet, dass nur etwa jedes 200. bei Verlagen eingereichte Manuskript veröffentlicht wird. Dabei hat jedes Buch seinen Markt, also seine Leser. tredition sorgt dafür, dass für jedes Buch die Leserschaft auch erreicht wird.

Im einzigartigen Literatur-Netzwerk von tredition bieten zahlreiche Literatur-Partner (das sind Lektoren, Übersetzer, Hörbuchsprecher und Illustratoren) ihre Dienstleistung an, um Manuskripte zu verbessern oder die Vielfalt zu erhöhen. Autoren vereinbaren direkt mit den Literatur-Partnern die Konditionen ihrer Zusammenarbeit und partizipieren gemeinsam am Erfolg des Buches.

Das gesamte Verlagsprogramm von tredition ist bei allen stationären Buchhandlungen und Online-Buchhändlern wie z. B. Amazon erhältlich. e-Books stehen bei den führenden Online-Portalen (z. B. iBookstore von Apple oder Kindle von Amazon) zum Verkauf.

Einfach leicht ein Buch veröffentlichen: **www.tredition.de**

Eigene Buchreihe oder eigenen Verlag gründen

Seit 2009 bietet tredition sein Verlagskonzept auch als sogenanntes "White-Label" an. Das bedeutet, dass andere Unternehmen, Institutionen und Personen risikofrei und unkompliziert selbst zum Herausgeber von Büchern und Buchreihen unter eigener Marke werden können. tredition übernimmt dabei das komplette Herstellungs- und Distributionsrisiko.

Zahlreiche Zeitschriften-, Zeitungs- und Buchverlage, Universitäten, Forschungseinrichtungen u.v.m. nutzen diese Dienstleistung von tredition, um unter eigener Marke ohne Risiko Bücher zu verlegen.

Alle Informationen im Internet: **www.tredition.de/fuer-verlage**

tredition wurde mit mehreren Innovationspreisen ausgezeichnet, u. a. mit dem Webfuture Award und dem Innovationspreis der Buch Digitale.

tredition ist Mitglied im Börsenverein des Deutschen Buchhandels.

Dieses Werk elektronisch lesen

Dieses Werk ist Teil der Gutenberg-DE Edition DVD. Diese enthält das komplette Archiv des Projekt Gutenberg-DE. Die DVD ist im Internet erhältlich auf **http://gutenbergshop.abc.de**

FSC
www.fsc.org

MIX

Papier | Fördert
gute Waldnutzung

FSC® C083411

Zeitfracht Medien GmbH
Ferdinand-Jühlke-Straße 7
99095 Erfurt, Deutschland
produktsicherheit@kolibri360.de